JN060183

曇りときどき強風雷雨 今は晴れ

母と父と私

永野 恒雄
NAGANO Tsuneo

文芸社

もくじ

母の死に様

母が不調を訴えて入院したのは平成22年の晩秋だった。その年の9月半ば、私と妻が帰省した時はいつもと変わらず元気で、外食に行った先では海鮮丼をペロリと完食したことを覚えている。そういう直近の姿が頭に残っていたし、母はそれまで病気には縁のない人だったので、入院と聞いた時はかなり驚いた。

平成25年12月24日、午前2時40分に母は息を引き取った。母の名は永野利子（ながのとしこ）、享年83歳だった。

12月23日の朝、私宛てに主治医から硬い口調の電話があった。

「今夜は泊まるつもりで病院に来るように」

完全看護の病院なのに、身内に泊まる用意をして来いとはどういう意味なのか。何か引っかかるものを感じながら、そして最悪事態を考えないようにしながら私と父は雪の降る中を病院に向かった。

母の死に様

午後、孫（私の次女）と親戚の者が見舞いに来た。すでに母は会話をする体力がなく、ただ頷いて、片言の返事だけの状態に陥っていた。しかし間違いなく母はまだ生きていた。病室の窓から見る新潟の景色は、鉛色の雲が空を埋め尽くし、北西風が雪を運んでいた。父は悄然として椅子に腰かけたまま、黙っている。何を考え、何を思っているのか。すでに数時間も同じ姿勢でいる。窓の外が暗くなり始めたので、私は父に家に戻って休むように言った。父は素直に頷いて病室を出て行った。

ぼんやりした病室の照明の中で母とふたりきりになってしまい、私はただ静かに母を見ていた。夕食の時間帯となり、病室の外から食器が触れ合う音や看護師たちが忙しく行き来する音が響いてくる。しかし、この部屋だけは静寂が支配していた。時折、看護師が様子を見に来るだけ。何かを静かに待っているだけだった。

父が帰って2時間ほどした夜の7時頃、母の容態は坂を転げ落ちるように悪くなっていった。呼吸が激しくなり、小さな身体の母が、目の前の空気を求めて肩を激しく上下し始めた。まるで釣り上げられた魚が口をパクパクするように、激しく呼吸し始めた。ベッドから起き上がる体力を失っていた母が、今にも立ち上がらんばかりに、全身を使って目の前の空気を激しく求めている。

容態が急変したので主治医が駆けつけた。すぐに父を呼び戻すように言われた。

「痛みは消し去ることができますが、息苦しさを取り去ることはできません。せめてできることは、息苦しさを感じなくさせてあげることだけです」

主治医はそう言って、モルヒネを投与した。

しばらくして母は落ち着いた様子となったが、呼吸は浅く、苦しそうに見えた。そして痰がからみ、血圧の低下が顕著となってきた。父が戻って来たので病室に泊まり込む手配をした。窓の外は吹雪になっていた。


消灯時間が過ぎた頃から、看護師が頻繁に様子を見に来てくれた。

「痰を取る時の苦しがる反応が、かなり弱くなって来ています。血圧も計測できる限界まで来ています。手を握って声をかけてあげてください。残っている時間は少ないようです」

痰の除去処置を終えた看護師が、そう言って静かに病室を出て行った。私は医者でもないのになんて酷いことを言う看護師だろう、と一瞬腹を立てたが、現実は確かに死の接近を示していた。

母の手を見た。骨が浮き出て、あまりに細い。手や腕の皮膚はかさかさで黒ずんでいる。母の顔を見た。目を閉じ、わずかばかりの呼吸をしているだけ。意識があるのかないのかわからない。数時間前には全身を使って、肩を激しく上下して呼吸していたのが嘘のように静かに横たわっている。父と私はベッドの横に立ち、母を見ているばかりだった。

私は自問していた。

母の死に様

「あれだけ叩かれ、叱られ、小言を聞かされたことを忘れたのか」

「ここで『母さん』とか言って優しい姿を見せるつもりか」

結局何もせず、ただ佇んでいた。


母の呼吸音がやけに静かになった。主治医が看護師を伴って病室に入り、聴診器を胸に当て、次に瞳孔にペンライトの光を当てた。そして腕時計を見て短く言った。

「2時40分でした」

その後、看護師に何やら指示をして、主治医は退室していった。呆気ない最期だったような気がする。半日前、孫の見舞いを受けて頷いたり手を握り返したりしていたのに。つい数時間前まで激しい呼吸をしていたのに。死の訪れとはそんなものなのかと、受け止めるしかなかった。


父や私に最後の言葉を残すこともなく、24日の未明、母は旅立った。静かに、しかもあっけなく生きることを止めた。父と私は最後まで手を握ることをせず、声をかけることもしなかった。

私は母の亡骸に向かって、叫んでいた。

「あなたは何も言わないで死んでしまうつもりか」

「この3年間、私も妻も懸命に尽くしてきた。それなのに何の労いの言葉もなく、ただ黙って死んでいくつもりか」

「無駄とわかっていてもあなたが指示したものを買い揃え、言われたとおりに枕元に運んできた。すべてあなたの気に入るようにしてきた。来てほしいと言われれば、会社を休み、千葉の自宅からこの病院まで３５０㎞をほとんど休憩せずに4時間で駆けつけたではないか」

「何か報酬が欲しいとか、そういうことではない。ただ黙って逝ってしまうのは、あまりに身勝手で酷くないか」

「孫を『うちの宝だ』と言って猫かわいがりして、さも愛情を寄せているように言っていたが、実の子の私はあなたにとって何だったのか。ただ言うことをきくだけの下僕とでも思っていたのか」


　母は3年前に肺と膵臓に癌が見つかり、それぞれ癌部位の摘出手術を受けた。先に肺の手術を行った。それは、数か所に影があったうちの一番大きな影の部分を摘出して、膵臓癌との関係を調べることが目的だった。そして次に、膵臓の半分を摘出する大手術を受けた。その手術は10時間にも及んだ。

母の死に様

膵臓の手術は平成22年11月17日に行われた。その日、手術を受ける患者の家族は手術室の近くにある大部屋で待機するように言われた。そこには応接セットが4～5セット置いてあった。

手術が終わったら電話が入ることになっていた。父と私と妻、そして駆けつけた親戚ふたりが待機した。定時に呼び出しを受けた母は、頼りない足取りで病室から手術室のある区画に自分で歩いて入っていった。父が何か励ましの声をかけるのかと思ったが、何も言わなかった。

正午近くに手術は開始された。途中経過の連絡はまったくなく、ただじっと待つだけの重苦しい空間に身を置いていた。

だれもが口を閉ざし、音をたてないようにしていた。テレビを見ることもなく、ただ静かに目を瞑っているしかなかった。夕方になると4組いた家族のうち、3組が順次呼び出しの電話を受けて退出していった。

結局、私たちだけが部屋に取り残された。夜になったので親戚には引き取ってもらった。夕食は交替で病院の最上階にある院内レストランで摂った。食欲などあろうはずもなかったが、それでも短い時間ながら部屋の外に出られて、詰まった息を吐き出すことができた。

夜10時を過ぎて、ようやく電話が鳴った。術衣を着たままの主治医が状況を説明してくれた。専門的なことを言われても理解できなかったが、ともかく当初の目的を完遂して手術を終えたので安心した。開腹してみると膵臓以外の臓器に転移が見つかり、胃や小腸の一部も摘出したそうだ。母は集中治療室に運ばれ、麻酔で翌朝までは昏睡状態なので、傍に行ったところでどうしようもなかった。

肺の方はもはや手の打ちようがなく、主治医と相談の結果、積極的治療を行わないことにしていた。つまり今後は何もせず、あと何年、母の命を支えるために肺が機能できるか、それは天に任せることにした。

主治医からは、この先何回も摘出手術を続けていくのは年齢的に無理だと言われた。摘出手術はできないわけではないが、すでに肺の大部分に癌が取り付いてしまっているので郭清手術は母の身体を弱らすだけだと言われた。

術後1年間は通院で抗癌剤治療を行い、母は何とか普段の生活ができるまでに回復した。自力でトイレも入浴も行うことができた。

しかし、膵臓癌の進行は抑えられても、肺癌は着実に母の命を削っていった。

手術から3年になろうとする平成25年の秋、主治医から全員集まってほしいと、穏やかではあるが硬い口調で言われた。

「この先の事を相談しましょう」

余命の宣告ではなかったので安堵したものの、この言葉は母にではなく、父に向けられたもののような気がした。よく考えれば余命宣告に等しく、私は内心で覚悟せざるを得なかった。父も同様に、50年連れ添ってきた妻の命が長くはないことを悟ったようだった。

父に欠けていたのは生活能力だ。まったく備わっていなかった。できることと言えば、せいぜい湯を沸かすか風呂の給湯スイッチを入れるくらいしかない。飯を炊くことはできない。炊事、洗濯、掃除、買い物等々への関心がまったくない。すべて母任せで長年暮らしてきた。主治医はこうした老夫婦だけの状況を心配して、母が動けなくなっても、そしていなくなっても、父がひとりで生きていける方策をあらかじめ整えておこうというアドバイスをしてくれた。主治医は、母のことより父の方を心配しての物言いだった。

私は数日のうちに、ふたりの介護保険の申請や訪問看護と訪問医療の手はずを整えた。食事の宅配契約もした。私や妻が同居していれば何とかできることであっても、新潟と千葉では、隔週で通って世話するのが精一杯だった。

その頃の父は、身体的に衰えはしたものの、まだ自分で軽自動車を運転し、母を乗せて病院や買い物に出かけるくらいのことはできていた。ただ、運転はさすがに危なっかしく、私は助手席ではいつも足を踏ん張っていなければならなかった。

父は、生活がこうした状況になってから新車に買い替えていた。マニュアル車だからアクセルとブレーキの踏み間違いはしないだろう、と少し安心はしていたが、私がこの車を引き継いだ時、車は傷だらけだった。心配性の母がよく買い替えを許したと思うし、車を売る側も、80歳を過ぎた高齢者によくも新車を売りつけたものだとあきれてしまった。

因みに、父が亡くなった後、この車を引き取ってくれたのは後に長女の夫となる背の高い青年だった。長女の職場にマニュアル車がほしい人がいると聞き、商談成立。長女と彼は新潟まで来て、ふたりは良い感じでその車に乗り込み東京へ帰っていった。この頃から付き合っていたようで、父の車が縁結びしてくれたのかもしれない。

・

平成25年の初冬になって、母の体調が急激に崩れ始めた。咳が止まらない。微熱が続く。肺がもたなくなってきた。2度目の入院を急いだ。季節が冬ということもあり、主治医は通院よりも病院で過ごしてもらった方が安心できる、と言ってくれた。

しばらくして12月になった。正月は家で迎えたいと母が言い始めた途端、肺の癌細胞が増悪し始めた。一旦は家に戻ったものの、たった2日で3度目の入院を余儀なくされた。そして次は生きて家に帰ることができなかった。

看護師が清拭を行うというので、病室からふたりは出された。何も考えていない。何も感じていない。今の事も、これからの事も、何も頭の中に浮かんで来ない。

白い布に包まれた母の亡骸は、あまりに小さかった。ストレッチャーに乗せられ、病室から1階の霊安室まで移動した。日中は外来患者で混雑している内科や外科の待合所を、横切って移動した。だれもいない。物音がせず、壁やソファが蛍光灯の光を冷たく反射しているだけだった。霊安室には主治医がいて、母を見送ってくれた。「残念です」の一言だけあった。

凍てついた夜道を、母の亡骸を乗せた搬送車が家に向かう。助手席には父がいる。私は自分の車で後を追う。いつの間にか雪は止んで、星空になっていた。キーンと冷え切った空気の中で何の音もせず、何も動いていないような、無機質で真空の中に佇んでいるような気分だった。

その主治医とは3年に亘る付き合いだった。母と主治医との間には信頼関係が構築されていたようで、ある時は深刻な病状の話をし、またある時は世間話で笑い合うこともあった。両者が別れるのは完治か死別。主治医は何を思って別れをしてくれたのだろうか。膵臓の手術から3年間、よく頑張ったと評価しているのだろうか。それとも、やはり術後存命は3年までだったのかと思っているのだろうか。

死因は肺癌とされた。

私は、母が亡くなったことは、年齢的に致し方ないと思っている。そして、その原因となった肺癌は、父のせいだと思っている。父は若い頃からヘビースモーカーだった。下戸で酒はまったく飲めなかったが、たばこは口から離さなかった。父の吐くたばこの煙は、母や私も吸っていたことになる。母の肺癌は父によって引き起こされたことは間違いない。

子供の頃、部屋の電球や障子の桟に黄色く濁ったたばこの脂がこびりついているのを思い出す。いくら拭いても、すぐにベトベトになっていた。母はいつも、汚いと言って拭き掃除をしながら文句を言っていた。父の手の指や爪も黄色く汚れていた。

人間はいつか必ず死を迎える。その時期や形態をだれも予測できない。死は避けることのできない定めなのだということは理解している。今さら原因を究明しても詮無いことだ。延命のためにもっと高度の治療や高額の薬を施すべきだったのかと自分に問うてみても、惨めに思えるだけだ。

唯一いまだに釈然としないのは、ほぼ同時に見つかった肺と膵臓の癌について、病院側の見解が定まらなかったことだ。

ふたつの癌はまったく別物なのか、それともどちらかが原発で他方が転移なのかということだった。最初の肺の手術は、病理検査のためだと言われた。術後すぐにふたつの癌は転移性と判定され、そのためすでに癌細胞が全身に回っているので膵臓癌の手術はできない、やっても無駄だと伝えられた。ところが数日後に判定が覆って、ふたつの癌は別物だから膵臓癌の手術は可能と言い渡された。絶望のどん底に突き落とされ、直後に救いの手が差し伸ばされる。母だけでなく、一家全員の気持ちは振り回された。そして膵臓癌の摘出という大手術を受けることになった。

手術実施のための説明をいくらされても、父と私には判断の基準がわからず、医師の言いなりに頷くしかなかった。このドタバタは、肺を診た医師と膵臓を診た医師との連携が十分とは言えなかったために生じたとしか言いようがない。結果的に膵臓の手術に踏み切り、肺の方は自然体ということになった。

手術に先立って、主治医から全員に病状説明が行われた時のことだ。術後は母を支えて生活していかなくてはならないし、場合によってはひとりで生きていかなくてはならない覚悟を父に求めてきた。しかし、父は黙ったまま。他人事のような顔をして座っている。母のいら立ちが限界に達した。

「あなたはいつも黙ってばかり。何か言ったら」

みんなの視線が集まる中、父は短くこう言った。

「おまえの好きにしたらいい。悪い所を全部取ってもらえばいい」

深く考えた末の言葉とは思えなかった。

他方、主治医からは有益な事を数多く教えていただいた。体内の膵臓や肺を詳細な図解で教えていただいた。医師とはこんなに絵が上手なのかと思うくらい、丁寧かつ詳細にすばらしい3次元感覚で内臓の様子を描いてくれた。中にはおもしろい表現で手術の難しさを教えてくれた。

「膵臓癌の摘出後の処置は、豆腐にゴム管をつなぐようなものです」

「衰弱した患者の身体にむやみに栄養剤を投与することはできません。栄養不足に耐えてきた内臓が驚いて受け付けないのです。身体がびっくりしてしまいます。そして癌が元気になっていきます」

「抗癌剤は癌を退治するものではありません。問題を先送りにするだけの効能しかないのです」

懇切丁寧な説明を何度もしてくれた。抗癌剤に対する期待も認識も変えてくれた。ただ、余命宣告だけはしなかった。

主治医は、こうした説明の場に必ず全員を集めた。当事者である母も同席させた。私は少々戸惑った。本人の身体のことには違いないが、だからと言って本人の耳に入れていいことなのか。もしそれで悲嘆にくれてしまい、生きる気力を失ってしまったらどうしようかと心配した。

「ご本人の意思やご家族の考えをできるだけ尊重したいからです」

主治医は平然としていた。何度も説明と質問を繰り返すことによって、主治医は私たちの考えや悩みを十分に読み取ってくれた。そして、不安定な精神状態が続いていた私たちを支えてくれた。

延命治療をするかしないかということも、大きくて重い選択だった。苦しさや不自由さを我慢しながら生き延びてほしいか。最悪、生きているだけの状態でもかまわないのか。私の考えは、「延命治療は行わない」だった。主治医は一言、「賢明です」とはっきり言い切った。

主治医は、厳粛な面持ちで教えてくれた。

「みなさんは手術をして悪い部位を切除したら患者は『元』に戻る、とよく言います。元気に動けるようになると安易に考えます。しかし、それは大きな誤解です。『元』とはいつのことですか？　ともすると10年か20年前に戻るような錯覚に陥ってしまうようですが、そんなことは絶対にあり得ません。手術で若返ることはできないのです。80歳の人が50歳や60歳の頃のように元気でピンピンしている姿、つまり記憶の中にある姿には戻れないのです。つい、病人の家族は幻想を抱いてしまいます。元気な姿を知っているから、そこに戻ることができると思い描いてしまいます。仕方がないことなのかもしれませんが、それは絶対に無理なことです」

母が亡くなって、8年が過ぎた。今でも最期の場面が頭から離れない。私は母を見殺しにしたのではないか。何か助けられる方策があったのではないか。他に何かできたのではないか。不作為による殺人を犯してしまったのではないか。延命治療拒否という言葉を使って、もっともらしく理屈を付けて死期を早めることに加担したのではないか。こうした考えが頭の中を占領することがある。

あの病室にいたのは父と私だけ。ただベッドを冷たく見つめて手も握らず、声もかけなかった。50年連れ添った夫のする振る舞いか。実の息子がする振る舞いか。仮に他人からこうした糾弾を受けたとしたら、反論のしようがない。

臨終の時も、葬儀の時も、納棺の時も、骨あげの時も、私は涙を流さなかった。悲しいとか、寂しいとかの感情は湧いてこなかった。どうしてだろう。自分でも不思議でならなかった。そもそも母に対する愛情や恩義が欠落していたのかもしれない。茫然自失となっていたわけでもない。常に次の行動を考え、抜かりなく立ち回っている自分がそこに間違いなく存在した。喪主の父に代わって、通夜や葬儀の段取りを実質的に決めていた。妻や娘たちに立ち振る舞いを指示していた。休んでいる会社の仕事にも気を向けていた。

お寺への連絡は？　お布施は？　葬儀社との打ち合わせは？　病院への支払いは？　母の親戚や知人への連絡は？　これからの父の世話は？　どうする？　どうする？　こんなにバタバタと動き回っている自分がいた。

すべて自分ひとりで考えて決めて実行して、抜かりはなかったはず。それなのになぜ、最期の場面で母の手を握り、声かけをしなかったのか。明確な理由があったのかなかったのか。いつも自問してみるが、答えに辿り着く前に止めてしまう。

答えは簡単。私は母が嫌いだったから。だからドラマのように情にあふれた接し方をすることなく、母をひとりで旅立たせてしまったのだ。そういうことだ。それは母を殺したのと同じだと思っている。罪を犯したのだと思っている。単独犯でもあり、父との共犯でもある。

母の生き様

母は昭和6年9月に新潟市の信濃川河口の港に近い、沼垂（ぬったり）という魚臭い下町で生まれた。

母は細かいことにいつまでもこだわり続け、しかも気性の激しい性格だった。

どんなに急いで外出する時でも、靴を履いてから玄関の掃き掃除をし始める。ひとつのルーティンのように必ずやっていた。母にとって玄関はきれいであることが絶対で、こだわりのひとつだった。

そして家の中も、父の車の中も、隙間とかスペースがあれば必ず何かを詰め込んでしまう癖があった。至る所に人形とか置物とかハンカチ、ティッシュなど、どうでもいい小物があった。母が亡くなった後に遺品整理をしたが、あちらこちらの棚や引出しなどに入っている小物の多さには驚くしかなかった。全部廃棄した。さらに、ありとあらゆる場所に小さな財布が忍ばせてあり、小銭が詰まっていた。何の用心のつもりだったのか知らないが、食器棚の中にもいくつもあった。娘たちと宝探しのつもりでかき回したら、かなりの収穫となった。一方、大事な銀行通帳や印鑑は意外と無造作に置いてあり、見逃すところだった。

さらにこだわりと言えば、母の付け届けはかなりのもので、恩義を受けた人にはいつまでも忘れずに米・枝豆・笹団子・柿・梨等々の品物を送り続けていた。母は終わりのない義務だと思い込んでいたようだ。母の死を契機に、私は一切止めた。相手がどう思おうと知ったことではなく、とにかく止めた。父は何も言わなかった。相手方はむしろホッとしたのではないだろうか。

こだわりはまだある。靴は銀座Y製と決めていた。遺品の中にたいして履いてもいないY製の靴が何足も出てきた。捨てるのはもったいないと言って、妻が履いている。

病気を抱える身となってからも、こだわりか見栄かわからないのだが、わざわざ電車に乗って新潟の三越や伊勢丹に出かけて野菜を買っていた。その価値観がさっぱり理解できない。父のパジャマを買うにしても、毛布1枚買うにしても、ブランドへのこだわりは尋常ではなかった。

そして気性の激しさは、思いもよらない場面で急に現れることがあった。私や父の運転で外出した時、他車が前に割り込んできたり、あるいは他車に先行を譲ったりしようものなら、かなりの剣幕で怒り出す。気に入らないことがあると語気が荒くなって、つい本性を見せてしまう傾向があった。

母の生い立ちはかなり複雑だ。母がどのような家に生まれて、どのような環境で育ってきたのかは簡単に語れない。母は私にこうしたことを一言も語ることなく、世を去った。父もまったく口にしなかった。

母の父親は菅井利一、母親は石垣シノ。何も確証はないので、私の推測に過ぎないが、シノという女性は芸妓あるいはそれに近い人だったのではないかと思われる。

戦後、利一は稲藁を仕入れて縄を生産する工場を営んでいた。自宅に隣接する薄暗い工場で、機械が稲藁を吸い込んではガチャンガチャンと縄を綯っていたのを覚えている。朝鮮戦争が始まると特需が到来して、かなりの富を築いたようだ。羽振りが良かったのだろう、高利貸のようなこともしていたらしい。いわゆる成金だった。玄関の土間には、子供が立ったまま入れそうな大きな金庫が置いてあった。

利一の女遊びは想像に難くない。利一が20歳、そしてシノが17歳の時に子ができてしまった。それが母だ。おそらく本人同士は結婚を望んでいなかったのだろうし、周囲も結婚を認めなかったと思う。出産後、利一が子を引き取り、捨て置かれることはなかったが、シノとは絶縁となった。認知された母は菅井の姓を名乗り、菅井家の戸籍に残された。産みの母親シノの姿は消え、今となっては消息を知ることはできない。母はおそらくシノの顔を知らない。もちろん私も祖母の顔を知らない。母の戸籍の両親の欄には、異なる姓が並んでいるという事実が残っているだけだ。

母の生き様

利一は、母が生まれてから3年後にキヨという女性（私の戸籍上の祖母）と結婚し、数人の子をなした。キヨは母の存在を煙たく思い、母の同居を許さなかった。母は利一の弟・菅井利正の家に預けられた。利正の家には、利一と利正の両親（母の祖父母）が同居しており、母はこのふたりによって育てられたという。

男が外で子供を作ったりするのは、財があればこそできたことなのだろう。何の確証もないが、20歳というかなり若い年齢の出来事だから、おそらく一時の女遊びの結果だったのではないか、という推測は容易にできる。いずれにしても、母は菅井家に認知してもらえてよかったと思う。

弟の利正夫婦の間にも子はいた。母はその家で長女格として、幼年期から少女期を過ごした。この利正夫婦は面倒見がよく、母を何かと庇い、兄嫁キヨの攻撃を防いでくれたらしい。利正の妻（マサ）は母を我が子と同様に扱い、利正とマサの子供たちは母を姉のように慕って暮らした。

私が幼い頃、お盆や正月に母と父が菅井の実家に行く時は、私を利正夫婦の家に数時間預けていった。なぜ私は祖父母の利一やキヨに会えないのか、いや、父母は会わそうとしないのか、変だなとは思いつつ、父母が戻って来るのを寂しく待っていた記憶がある。今私が預けられているこの家は父母にとってどういう関係なのか、この家の人たちはなぜ私を腫物のように扱うのか。幼い私が考えるのは難しいことだった。

私は利一やキヨに甘えた記憶はない。可愛がられたこともない。何かしてもらったこともない。親戚の怖そうな顔をした老人でしかなかった。

私が小学生の頃には、すでに特需が去って、利一の家業は急速に傾いていった。毎日毎晩、利一は座敷で一升瓶を抱えて酒に溺れて過ごしていたようだ。

ある日、利一が突然我が家を訪ねて来たことがある。酒臭い息を吐き、赤ら顔でやって来た。近所の家々を尋ね回って、ようやく我が家に辿り着いたらしい。帰りのバス賃がないと言って、母に無心していた。母は何某かの金を握らせて、家にあげることもしないまま追い返した。私は目の前で起きたことをしっかりと覚えている。

母の利一を忌避する鋭い目付きは、尋常ではなかった。また、利一の母を見る目は実の娘を見るものではなく、私を見る目は孫を見る目ではなかった。

とうとう利一の家業は破綻。育てもせず、一緒に暮らすこともしなかった長女の所に恥ずかしげもなく何度も現れては無心をしていたらしい。父の腕時計が何度も質屋を出入りしたと聞いている。母も父もよく耐えた。裕福な生活を送っているとは言い難い父母に対し、酷い仕打ちだったと思う。

そして、利一が残した財産は借金だけ。母は実家を追われた身とはいえ、なぜか責任感だけを支えにそれを返済し続けた。腹違いの弟や妹が数人いたが、その人たちが責任を果たしたのかどうかは知らない。私はその人たち（叔父や叔母）とほとんど面識がなく、所在も知らない。だから母が亡くなったことを知らせようがなかった。

そして最悪なのは、この弟や妹の中に、母を頼れば金が出てくると考えた性悪な人間がいたことだ。母はそうした人間であっても邪険にせず、弟妹への施しを続けた。母の気持ちがわからない。

驚いたことに、母が膵臓癌の手術を終えた頃にも、妹が現れて無心を続けていたようだ。「これが最後」と母は言って、いくらかを渡したらしい。母の遺品の中に走り書きのメモがあったが、一体どのくらいの金額を、どのくらい前から渡していたのか一切わからない。おそらくかなりの金額に上っていたはずだ。

母の死亡は地方紙の死亡公告に掲載されたので、それを目に留めた母の知人数人が葬儀に駆けつけてくれたが、戸籍上の弟妹に当たる人間はひとりも現れなかった。母方の親戚としては、少女期を一緒に過ごした利正の娘と息子（故人）の嫁が来ただけだった。

母は、利一やキヨと暮らすことなく幼少期から少女期を淋しく過ごし、祖父母から厳しい躾を受けて育った。それが母の性格や気性を形成したのだろう。母は混乱する戦前・戦中・戦後の時代を生きてきた。

母がこうした環境で育っていたことの他に、もうひとつ驚くべきことが戸籍でわかった。それは父との結婚が再婚だったことだ。母からも父からもこの件は聞かされたことはない。昭和25年5月、母が18歳の時に1回目の結婚をしている。しかし、同年6月に協議離婚している。わずか20数日の婚姻関係だった。

おそらく父親の利一から早く適当なところへ嫁に行けと言われて、母は仕方なく利正の家から嫁に出た。利一の身勝手な指示に違いない。態のいい厄介払いをしたのだろう。ところが、その夫は名うての遊び人だったらしく、すぐに母は飛び出してしまった。この辺りのことはすべて推測だが、概ね当たっていると思っている。

母はすぐに離婚を選んだ。おそらくそうした履歴が戸籍に残るということは気にも留めなかったのだろう。そして母は実家ではなく、利正の家に出戻った。大きな悲しみと負い目を胸に秘めていたに違いない。いとも簡単に結婚させられ、呆気なく離婚。親の都合に振り回されて生きるしかなかったことが想像できる。

母が再婚であることを知った時、最初に思ったのは「私はだれの子？」「父親はだれ？」という疑問だった。私の目鼻立ちは極めて母に似ている。母から生まれたのは間違いなさそうだと一安心。そして父とは足の爪の形、前歯の並び具合がそっくり。父の子であることも間違いなさそうだ。身体の特徴を自己点検して安心したことを覚えている。

母が絶対に口外せず胸にしまっていた、再婚という秘密。最後まで吐露しなかった苦労というものを改めて思うと、私は切なくなってしまう。父はこうしたことを知っていたはずだ。父はどう捉えていたのだろうか。

私は、利一やキヨの最期をまったく知らない。葬式に行った記憶がない。利一の家や工場がどうなったかも知らない。それと、もっとも肝心で私とは血のつながりがある母の産みの親である「石垣シノ」がどうなったのか、消息はまったくわからない。母方の一族については知らないことばかりだ。

母が大切にしていた写真が1枚あった。母が幼女の頃、母の祖父母と3人で撮った写真だ。母の子供の頃の写真はこれしかない。戦争ですべて失ったのかもしれない。あるいは貧しくて写真を撮ることができなかったのかもしれない。とにかく、この1枚しかない。

母が亡くなった後、父はこの写真を肌身離さず大切に持っていた。私はこの写真を父の棺に入れて、母のもとに届けてほしいと祈った。

父の死に様

父、永野三四二（ながのみよじ）は、平成26年6月25日に母を追うように亡くなった。享年86歳。母が亡くなってちょうど半年後のことだった。

父が亡くなる前夜、私には何か予感めいたものがあって、夜中に何度も目が覚めた。枕元の携帯電話を見つめて、眠れない夜を過ごした。母の死からちょうど半年が経過して、何も起きなければ良いがと思いながら、いつものように私は虎ノ門にある会社に出勤した。

父は、ひとりでは生活できなくなっていたことに加えて、左足の甲から先を切断する手術を1週間前に受けていた。もともと閉塞性動脈硬化症という持病があり、手足の血流が悪くなっていたところに、運悪く足の指先の傷から菌が入り、足指1本が壊死してしまったのだ。遠因には栄養状態の低下があった。施設に入っていたので日常生活は何とか過ごすことができたが、食欲は極めて乏しかった。それに伴って体力は間違いなく落ちていった。

切断しなくてはならないほど酷くなる前に足の痛みを訴えればいいものを、赤く腫れ上がった足の指を見つめるばかりで、父は何も言わなかった。そして母が肺や膵臓の手術を受けた病院に父も入院した。

若い外科医は、あっさりと冷たく言い放った。

「すでに手遅れです。足の甲から足先の全部を切断することになります。壊死した足の指1本だけを切断すれば済むということにはなりせん。1本の指の壊死は、次々に他の指に悪影響を及ぼしていきます。状況が悪化していけば、次は踝、次は膝下、そして大腿部から切断ということになっていきます」

本人も私も、予想外の恐ろしい告知を受けた。それでも踵が残れば何とか自立歩行ができるので、リハビリをしっかり行うように、と外科医から励まされた。

80歳を超えた老人が半月以上入院して、寝たきり状態に置かれたらどうなるかは想像に難くなかった。次第に認知症の症状が現れ、最後は譫妄状態となり、父は自分の居場所や置かれた状況の把握ができなくなった。点滴の針を自分で抜いたり、食べ物をまき散らしたり、異常な姿に変わっていってしまった。私は身体拘束の承諾をせざるを得なかった。

父は昭和1桁生まれの男性の中では、体格は大柄で、背丈があり、胸幅も厚い方だった。それが今、目の前の姿はやせ細った身体となり、まるで枯れ木が置かれているように見えた。

さらに足先を切断してから数日後、父は誤嚥によって肺炎を引き起こしてしまった。ヘビースモーカーだった父の肺はすでにボロボロの状態で、正常に機能する部分は僅かしか残っておらず、肺炎は致命傷になった。

6月25日、私がいつもどおり出勤して仕事をし始めた直後、9時9分に病院から電話があった。朝から父の呼吸の様子がおかしいのでできれば来てほしい、という内容だった。さほど差し迫った話しぶりではなかったものの、ともかく病院に向かうことにした。「危篤」という文字が頭に浮かんだ。

虎ノ門2丁目の交差点でタクシーを拾い、上越新幹線に乗るために東京駅を目指した。八重洲口では遅くなると思い、運転手に丸の内側を指示した。幸いなことに、運転手は私の意図を感じ取ってくれて丸の内に車を向け、ロータリー手前で止めた。

「ここで降りて走った方が、早く改札口にたどり着きますよ」

運転手に言われて、タクシーを降りた。そこから先は無我夢中で走った。車道を横断し、ロータリーを突っ切り、東京駅構内の雑踏をかき分けながら必死の思いで走った。切符をどのようにして買ったのか、まったく覚えていない。東京駅の端から端まで一気に駆け抜けた。

父の死に様

9時28分発、新潟行き上越新幹線MAXとき315号に飛び乗った。会社で電話を受けてから20分ほどで新幹線に身を置いたことになる。信じられないような早業だが、携帯電話の着信履歴に表示された時刻、新幹線の発車時刻、どちらも間違いはない。

車内の通路に立ち、病院に連絡を入れたところ、朝の電話と違ってすでに危篤状態だと伝えてきた。覚悟していたことなので驚きはしなかった。

当時、妻は毎週のように、父の身の回りの世話をするために日帰りで新潟通いをしていた。たまたま今日はその日で、妻は1本前の新幹線に乗って新潟に向かっている途中だった。私はひとつ安心を覚えた。

娘たちの職場に電話を入れて状況を伝え、早退して新潟に向かうように伝えた。新潟在住の親戚にも連絡して、病院に向かうようにお願いした。高崎から先の上越国境トンネルが続く区間では思うように電話が通じなくてイライラしたものの、あっという間に2時間が経過していった。定刻11時29分、新潟駅に到着した。

病院についたのは12時少し前だったと思う。平日の昼前、病院の外来受付や会計の付近は大勢の人で混雑していた。病棟エレベーターで6階を目指すが、なかなかエレベーターが降りて来ない。ようやく乗り込めば、老人が各階ごとにのろのろと乗り降りする。この時ほど老人を呪ったことはない。

エレベーターホールから病室まで走った。病室には妻と親戚ふたりが私を待っていた。

そして主治医と看護師も待っていた。父の身体に取り付けてある呼吸と心拍を計測する機器のモニターは、すでにフラットになっている。主治医は徐に聴診器を父の胸に当てて「12時1分、ご臨終です」と静かに言った。

こんなに急いで走って来たのに、間に合わなかった。私の到着を待って死亡宣告をしただけのことだ。まるでセレモニー。ドラマで見るような光景だった。おそらく父は、私の到着のはるか前に旅立っていたに違いない。

母の葬儀が終わり、四十九日の供養と納骨が済んだあたりから父の生気は消えていった。うつろな表情、はっきりしない言葉、焦点の合わない眼差し、食欲の欠落。いくら周りが食事を準備しても、本人に食べる意志がないのではどうしようもなかった。人間は口から物を摂れなくなったらおしまい、というのは本当だと思った。そして人間がこれほどまでに生きる気力をなくすとだめになっていくものかと驚いた。それほど父にとって母の存在は大きかったのだろう。

死因は『多臓器不全』、簡単に言えば『老衰』とされた。肺を始めとして、すべての臓器が機能することを放棄したらしい。癌のようなはっきりした原因のないまま死んだことになる。父に「生」への執着があったなら、少しは違ったのかもしれないが、父にそういった気力はまったく残っていなかったようだ。むしろ早く楽になりたいという意識の方が強かったのかもしれない。延命措置については、あらかじめ断っておいた。

　白い布に覆われた父の遺体は、母の時と同じようにストレッチャーで1階の霊安室に移動した。想像以上に父の亡骸は小さくて軽かった。母の時と違うのは、外来患者や見舞客、そして病院職員といった多くの人々が行き交う中を移動したことだ。だれもが見るともなく視線を注ぎ、憐みと恐れと好奇が混じり合った表情をしていた。

　私が小学生の頃の父の姿が思い浮かんだ。町内会で海水浴に行った時、父がみんなの前で模範水泳をした。その時の父の体躯は、筋肉隆々で艶の良い肌をしていた。父を誇らしく思った。それが今は、水気を失った枯れ木のように細くて、身体中皺だらけになっていた。

　父が早く母のもとに行きたかったのか。それとも母が周囲に迷惑をかけないうちに早く来いと迎えに来たのか。どちらかは知らないが、あっと言う間に私の父母はこの世を後にした。


　父の最後の言葉を聞くことはできなかった。手を握ることもなかった。何もないまま、ただ死んでいった。母の時と同じだ。家や財産をどうしてほしいとか、だれに連絡してほしいとか、家長であるなら、何かひとつくらい言い残す事柄があったはずだと思うのだが、一切口にすることなく、父は静かにこの世を去ってしまった。私は少しの憤りとともに、

2度目の罪を犯したような気持ちになっていた。今回は単独犯だ。

以前から父は無口な人だった。黙って周りの声を聞いているだけ。自分の考えを持っているのかいないのかわからない。こちらから父の言葉を求めると、いつもたった一言「好きにすればいい」というのが関の山だった。何とも張り合いのない、頼りがいのない人に思えた。自分の意見を言わないで、周りの考えに同調してばかり。

それでも親戚の中には父を頼る人がいたので、意外と外面は良かったのかもしれない。無口が幸いして、奥行きがあるように映ったのかもしれない。

母が亡くなった後、これからの独居生活をどうやっていくか相談した時も、まるで他人事のように黙っていた。あなた自身のこれからのご飯のことですよ、とこちらは懸命になって話を向けるが、父は何も言わない。何の反応もない。食べ物の好き嫌いも言わない。してほしいことやどうしたいのかという希望も欲求も何も言わない。私は妻とすべて手探りで介護を進めていくしかなかった。

よく思い返してみると、足の手術の少し前に、ふたつしてほしいことを父は口にした。ひとつは、髭を剃ってほしいと言った。珍しいと思いつつ、私は湯で温めたタオルを父の顔に当てた。もみ上げ、頬、口の周り、顎の順に剃刀を当てた。父は気持ち良さそうな顔をしていた。土気色の顔に薄っすらと赤みが差したように見えた。

もうひとつは、誤嚥で絶食となってからのことだ。「水羊羹を食べたい」と言い出した。しかし、主治医の許可が下りず、食べさせてあげることはできなかった。叶えてあげられず、唯一可哀そうなことをしたと思っている。

父が亡くなってからしばらくして遺品の整理をすると、何冊かのノートや手帳が出てきた。そこには下手な金釘文字で父の日々の出来事と思いが綴られていた。私に対する不満が大半で、全部を読むことは耐えきれず、いまだに読み終えていない。

中には妻が作った味噌汁の具について「小松菜は嚙み切れない」と文句が書いてあった。妻と苦笑するしかなかった。その時に言ってくれればいいものを、父はいつも黙っていた。内容は他愛もない子供じみた不満ばかり。例えばもっと優しく接してほしいとか、すぐに帰ってしまうのは冷たいとか書き連ねてあった。父は口に出さず、このノートや手帳に自分の思いを吐き出していたようだ。私があれだけ希望を聞いても何も答えなかったのに、ここには饒舌に辛辣に言葉が連なっている。私が至らなかったのか。それとも父の無口癖が災いしたのか。

同居していなかったことへの償いとして、施設の入居手配、訪問看護や訪問医療の契約、さらに手術後のリハビリ計画の立案など、抜かりなく私は立ち回った。まだ何か私に足らないものがあったというのか。私にはやり尽くした感が今でもあるのだが。どうやら父は私とまったく嚙み合わないまま、私に対する不満を抱いて旅立ったようだ。

父に関して私が悔やむのは、何といっても足の切断の件だ。もっと早くに治療を開始していれば、切断をしなくて済んだはずだ。その機会を見逃してしまい、父は足先がない状態でこの世を去ってしまった。彼岸を渡る時に自分の足先がないことに気付いたはずだ。父は狼狽し、私を恨んだことだろう。恨んで化けて出てくるかもしれない。こうしたことの根本原因は、何度も言うとおり、何も言わなかった父にあると私は思っている。

私にも生活はあるし、養わなければならない家族がいる。四六時中父のそばにいて世話をするわけにいかないが、口に出してさえくれれば、何か対処のしようがあったのではないか。つい後悔と反省が交錯してしまう。

父の生き様

父は、昭和3年5月に農家の8番目の子として生まれた。生家は新潟市の中心から西方に20kmほど離れた田園穀倉地帯の小さな農村で、弥彦山と角田山が間近に見えるものの、あとは見渡す限り平らな田園風景しかない所だ。

父の戸籍を探ると、ひとつ屋根の下に一体何人同居していたのか、数えきれないほどたくさんの名前が登場してくる。おそらく20人くらいが一緒に住んでいたのではないだろうか。

父の兄弟姉妹は全部で9人。長兄が明治40年、長女が明治43年、二女が大正元年、二男が大正4年、三女が大正7年、四女が大正9年、五女マツが大正11年、そして三男として父が昭和3年に生まれ、昭和5年には四男が生まれている。男4人と女5人の兄弟姉妹だ。四男は夭折したらしく、父は8人兄弟姉妹の末っ子として育てられた。

父親は永野公平、母親はヤエ。ヤエは結婚後、2年から3年おきに出産してきた。私が生まれた頃には、ヤエは病気で死期間近だったようで、私を抱いて最期を迎えたというが、もちろん私に記憶はない。

長兄と父との年齢差は何と20年もある。長兄の長男と私の父が同い年であってもおかしくない。このふたりが同じ屋根の下で暮らすという、何とも奇妙な家族集団だった。

8番目ともなれば、ヤエの体力は限界であったことは容易に想像できる。父はヤエに育てられたというよりは、姉たちに育てられたという方が正しい。だから父は姉たちにまったくと言っていいほど頭が上がらなかった。特にすぐ上の姉マツには世話になったようだ。

戸籍を眺めているといろいろな人生が見えてくる。姉たちの何人かは結婚した後、離婚、再婚、再々婚を経験している。夫の戦死という記載がいくつかあり、戦争という大きな出来事が感じ取れる。また、いとこ同士の結婚。養子縁組なども散見される。


父は、兄弟姉妹の中でひとりだけ高校に進学できた。新潟県立新潟工業高等学校化学科に入学した。しかし、戦局が悪化して軍事教練と軍需工場通いばかり。まともに勉強したのは1年もあったのだろうか。軍需工場で働いていた時に空襲に遭い、全身にやけどを負った。九死に一生を得て生き延びたが、父の背中には大きなやけどの痕が残った。繰り上げ卒業となり、昭和20年の終戦直前に父は軍隊入りを目指して舞鶴に向かったが、そこで終戦。幸運にも戦争に行くことなく、兵隊に加わることなく済んだ。

舞鶴から戻った父は生家の農業を手伝うことはせず、新潟市内の印刷会社に就職したらしいが詳細はわからない。その後、戦後の混乱期の中でいくつかの会社を渡り歩いたようだ。そうやって過ごしているうちに、印刷の技術や紙の知識を習得していった。東京の大手印刷会社に就職する夢があったようだが、父親から反対されて上京を思い留まった。上京していたならば、父の人生は大きく変わっていたはずだ。結局、ちっぽけな教材販売会社の従業員に落ち着いた。

教材販売会社は、従業員が父を含めて2~3人。小商いではどうしようもなく、すぐに行き詰まって倒産した。残ったのは負債だけ。逃げ足の遅かった父が負債を背負うことになってしまった。それから長期間、母と結婚した後も借金返済生活が続いた。貧乏くじを引いたわけだ。

母とどういう因縁で巡り合ったのか、その辺の事情は皆目わからない。出戻りで叔父の家にいた母と、名も無いちっぽけな会社の従業員がどうやって出会い、結婚することになったのか、知っている人はいない。父は母が再婚であることを知っていたのか。母は父が借金を背負っていることを知っていたのか。わからないことばかりだ。

父のやっていた仕事は、小学校向けの教材売りだった。小学校のテスト問題や宿題プリントを売る商売だ。新潟市内の小学校のようにある程度の児童数がいれば商売として旨味もあったのだろうが、そうした小学校はすでに大手の業者が牛耳っていて手が出せない。

父が商売できたのは、山間僻地あるいは佐渡の漁村の小さな小学校や分校だった。プリント10枚といった単位で商いをし、どれほどの利益があったのだろうか。

毎日のように、荷造りした教材をオートバイに乗せて出かけて行った。学校が夏休みや冬休みになると父は暇になり、家にいて私の遊び相手になってくれた。世間のサラリーマン家庭からしたら羨ましい時間が私にはあった。

春休みは先生の異動時期に当たり、父にとってはこれからの商売を左右する重要な時期だった。お得意様の先生がどこの学校に異動するのか、新聞に載る教員異動記事を必死の眼差しで父は見つめていた。

父は自分の境遇に不満を漏らすことなく、寡黙に生きてきた。酒は体質に合わなくて一切口にしなかった。もし酒が飲めれば先生たちを接待するなどして、商売を上手く進めることができたのかもしれないが、そういうことができなかった。たばこを吸いながら、庭いじりするのが唯一の楽しみで、猫の額のような我が家の庭には無数の鉢植え盆栽が並んでいた。

父と同じような商売をしていた自営業の人たちは、時代の流れとともに次々に見切りをつけて廃業していった。父はそれをこまめに拾い集めて商売を続けていた。しかし、相変わらずの小商いでしかなく、山間僻地と佐渡の漁村ばかりでは儲けにならなかった。そして引き継いだのは商圏だけではなく、仕入れの負債もあったようだ。わが家の生活が楽になった感じはまったくなかった。その頃の食卓は、いつもタクアンと焼きタラコだけ。タラコの焼き加減のことで、父と母はいつも言い争いをしていた。父はカチカチに焼いたものを好み、母は半生くらいが美味いと言って譲らなかった。子供の私はどうでもいいと思って見ていた。

私が浪人生の頃になって、父はようやく自営業を諦めて新潟市内大手の印刷会社に就職した。若い頃に習得した印刷や紙の知識が役立ち、中途採用でありながら、しだいに重用されていった。

父の生き様

私が大学1年生の学年末試験を終えた昭和49年3月、父が病気で倒れた。過労の末、風邪をこじらせ肋膜炎を起こして入院。母は狼狽し、悲嘆にくれて、何かと私に助けを求めてくるが、私にはどうしようもなかった。父の入院が長引けば、収入が途絶えて大学の学費どころではない。真剣に退学を考えた。

春休みに教科書代を稼ぐために、私は新潟で配送助手のアルバイトをした。仕事の都合で帰りが遅くなると、いつも母は泣きながら玄関で待っていた。もう帰ってこないのではないかと、少々大袈裟なことを言いながら私にしがみついてくる。私は鬱陶しくて気が滅入った。

幸いにも父は2か月ほどの入院で済み、職場に復帰できたが、長年の喫煙で父の肺は弱くなっていることがはっきりした。それでも喫煙を止めることはなく、身体が回復するにつれ、たばこの本数は増えていった。医師が「1日1本ならいいでしょう」と言った途端、「これは明日の分」「これは来週の分」と言い訳しながら倍々ゲームでたばこを吸い続ける父の姿は、いじましく見えて仕方なかった。それでも縁側で美味そうにたばこを吸う父の姿を見ると、母も私も黙認するしかなかった。

父は定年を過ぎても同じように働き続けた。正社員からパート、そして嘱託となって70歳まで仕事をした。何も愚痴らず、何も不満を漏らさず、ただ静かに働き続けた。

ようやく印刷会社から離れた時分に、すぐ上の姉マツから助けてほしいと連絡を受けた。姉は本家のある農村でお茶やたばこ、雑貨を売る店を夫婦ふたりで営んでいたが、先年に夫を病気で失い、自身も肝臓癌を抱える身となり、行く末を案じて弟の父に相談してきたのだ。姉夫婦には子供がいなかったため、不動産を始めとする全財産の始末も父が引き受けることになってしまった。

村の要所にあった店舗の前には、たばこと清涼飲料水や缶コーヒーの自動販売機が数台置かれていて、それなりの売上があり、繁盛していた。納品業者の勧めもあって、こうした小商いを父は継承することにした。父は、家で母と終日ふたりきりで過ごしているよりはましだと思ったのかもしれない。毎日のように姉の家に通って、今ならパソコンで管理

父の生き様

するような日々の商品別売上実績や仕入れの管理を、方眼紙に表を作って記録や集計をしていた。自動販売機から回収した小銭を数えて、活き活きと小商いに精を出していた。それは楽しんでやっているように見えた。

姉のマツが亡くなった後、遺言によって全財産を父が相続した。それを機に、それまで住んでいた新潟市中心部にあった自宅を取り壊して、姉の家に父母は移住した。

商売の継承や移住という一連の出来事は、すべて事後に聞かされた。私はひとり息子で、父母のことをすべて知っていなければならないはずなのに、父はいつの間にか私に伝えることを二の次にしてしまい、息子に相談することはせず自分の考えだけで物事を決めるようになっていった。

それはそれで仕方のないことだと思っている。高校を卒業と同時に親元を離れてしまったことは紛れもない事実で、その罪は償いようもなく重い。だから父が決めた余生の過ごし方に口出しはできなかった。相談や報告がなかったことを残念に思ったことは確かで、不満はあったが、それは飲み込んだ。

父母が姉の家に移住した時に家のあちこちを手直しした。しかし、もっとバリアフリーを考えて高齢者が暮らしやすいようにすればいいのに、トイレも水回りももっと使い易く便利にすればいいのに、と多々感じる部分があったが、私が気付いた時はすでに遅かった。

母の納骨を済ませた後、父は急速に衰えて生きる気力を失っていった。ある日、朝食を摂っていると父の様子がおかしくなった。茶碗と箸を持つ手が震え出し、汁をこぼした。今までに見たことのない惨めな姿だった。そして父は言った。

「もう、いい。この家を売って、俺を施設に入れてくれ」

もう生きていくことに疲れ果て、すべてが面倒くさくなってどうでもよくなり、投げやりになった一言だった。それは父にとって最後の明確な意思表示だった。私は父の希望どおりに淡々と事を進めることにした。施設に入ったものの、数日後には足の治療のため入院。そして切断手術。誤嚥で肺炎となり、譫妄状態から抜けきらないまま死んだ。

父は86年の生涯を閉じた。若い頃は、今日、明日の生活で精一杯。多くの日々は借金に追われて過ごしていたはずだ。しかし不満を口にしたことはない。喜怒哀楽を見せず、目立つことなく静かに母と暮らした。そして母に先立たれて、寡黙のうちに命が尽きた。何が生甲斐だったのだろう。何を楽しみに生きていたのだろう。

何も話さないまま父は死んでしまった。

私の生き様

私は昭和28年9月の生まれ。高校を卒業するまで新潟市で過ごした。

兄弟姉妹はいない。ひとりっ子だ。名前は永野恒雄（ながのつねお）という。なぜ「恒雄（つねお）」と名付けたのか聞いたことはないし、聞かされたこともない。父が考えたのか、それともだれかに頼んで付けてもらったのか、わからない。画数が多いし、「つね」という響きはあまり好きではない。子供の頃から名前に親和感を持っていなかった。

生まれ故郷の新潟市は日本海に面し、信濃川と阿賀野川が流れている。2本の大河が大量の土砂を運んで広大で肥沃な

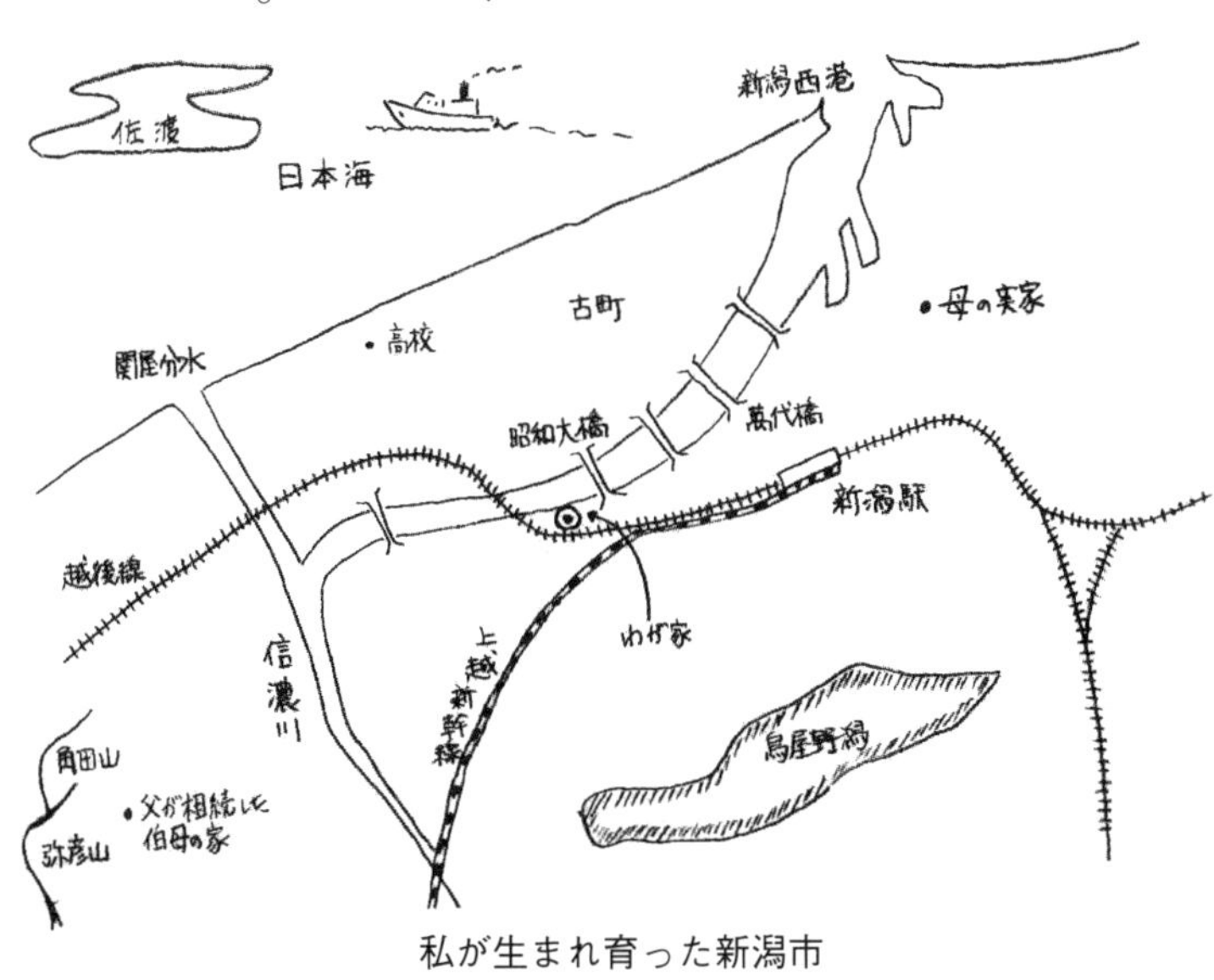

私が生まれ育った新潟市

新潟平野を創り、その河口に街ができた。比較的新しい街だ。新潟市の西には弥彦山と角田山がポツンポツンとある。平野と大河、そして少し先にふたつの山が見える。これが私の原風景だ。土地が平坦で、河が北向きに流れていないと落ち着かない。

明治・大正時代、信濃川の氾濫を防ぐために大河津分水が造られ、さらに昭和に入って関屋分水が造られた。地図で見ると新潟市の西地区は「島」のようになっている。

現在の人口は80万人弱。日本海側で一番大きな都市と言われているが、特徴のない、平坦な地方都市だ。それでもいち早く新幹線は来たし、高速道路も整備された。これは自慢と言えるかもしれない。しかし、それらのインフラのどれにも『新潟』の冠名が付いていないのが悔しい。

歴史的には江戸時代末期の五大開港のひとつ、太平洋戦争末期には原爆投下候補地のひとつとなった。お城・史跡・古刹といった観光名所はない。昔、中心部は「八千八川」と言われるほど堀が巡り、風情があったらしいが、今はすべて暗渠となっている。

新潟地方は、11月下旬から翌年の3月中旬まで、鉛色の雲が空を覆う。北西風が強く、とにかく寒い。積雪は少ないが、霙や雨でいつも道はグチャグチャ。子供の頃、「正月は庭で独楽を回し、広場で凧を揚げる」といった遊びは、どこの世界のことだろうかと不思議で仕方なかった。

ともかく私は、生まれてから高校を卒業するまでの18年間、父母と3人で新潟市内の小さな家で暮らした。普通なら、適当な年齢で親の意に沿った結婚をし、姑と嫁の間で戦々恐々としながら生活を営み、最後は父母を看取る。そういう平凡な一生が想定されるのだろうが、私の場合はかなり違った人生を歩むことになった。人生十人十色なので、自分の人生だけが異色だったとは思わないが、平凡でなかったことは間違いない。

私がどのような人生を送ってきたのか、幼児期の記憶から今日までいくつかの出来事を順に、できるだけ正確に書いていくことにする。

《幼児期～幼稚園》

赤ん坊の頃のことだ。父母は私を抱いて、父のすぐ上の姉マツの家に遊びに行った。マツは子供ができず、羨ましかったのだろう。

「その子をうちに置いていけ。利子（私の母）は次も産めるだろう」

マツはさらっと言った。母は血相を変えてマツの家から逃げて帰ってきたそうだ。姉に逆らえない父ではあったが、さすがにこの件だけは応諾できなかった。後年、年老いて病を得た伯母が父に助けを求めてくるまで、母は長くその家に行くことはしなかった。もちろん私を伯母に会わせることもしなかった。

私のもっとも古い記憶は、昭和30年10月の新潟大火だ。わずか2歳。実のところ、本当の記憶なのかどうかは怪しい。後年になって大人たちから聞かされたことが、いつの間にか自分の記憶にすり替わってしまったのかもしれない。「暗闇に広がる火」と「消防のサイレン」の記憶が強烈に残っている。

当時、私たち親子3人は、新潟市の中心部と信濃川をはさんで建つ大きな洋館の2階に間借りしていた。写真に残っている様子では、観音開きの出窓、洋風のベランダがある洒落た雰囲気の部屋で暮らしていた。

そのベランダで母に背負われ、肩越しに夜空を赤く染める大火の様子を見ていた記憶がある。不気味な消防のサイレンと強い風の音も残っている。フェーン現象の強風で火の手は急速に広がり、新潟市の中心部を焼き尽くした。

新潟市は信濃川の西側が昔からの中心部で、古町などの繁華街や官公庁が集まっていた。東側は新潟駅があるものの、その頃はまだ田畑が多く残っていた。私はその東側から信濃川の向こうに広がる大火を見つめていた。

2番目に古い記憶は父の背中だ。

私は毎月のように熱を出して医者通いしなければならない、ひ弱な男の子だった。『新潟は杉と男の子は育たない』という迷信がある。父母はひとり息子の私を育てるのに必死だった。熱を出すと父の背中に括り付けられてオートバイで医者に連れて行かれ、注射をして薬をもらって帰ってくる。毎月同じことを繰り返していた。不思議なことに、母と医者に行った記憶はない。母は家で待っていた。小学校の高学年になるまでツベルクリン反応が陽転せず、たびたび大学病院で精密検査を受けなくてはならないような男の子だった。

3番目に古い記憶。

さほど裕福とはいえず、めったにおもちゃなど買い与えられなかったが、ある時デパートで輪投げのおもちゃを買ってもらった。的になる棒の先端に首が動く小さな人形が付いていた。うれしくて帰宅後すぐに遊び始めた。私が輪を投げたら、その先端にある人形に輪が当たり、人形が折れてポトンと落ちてしまった。それを見た母は烈火のごとく怒り出した。

「せっかくお父さんが買ってくれたのに。おまえはなんて乱暴なのだ」

凄まじい勢いで怒られ、叩かれた。私はおもちゃを乱暴に扱ったわけではないし、壊そうと思ったわけでもな

輪投げも楽しい思い出となるはずだったが

い。ただ輪を投げただけだった。偶然の出来事だ。まだ2歳か3歳の幼児がやったことに過ぎない。

しかし、弁解は聞き入れられず、私はただただ泣きながら謝るしかなかった。幼児に対する母の理不尽な怒りようは、これ以外にもたくさんあった。

母は子である私に対して、普通の愛情はあっただろうが、そうではない感情もあったようだ。それは躾のきつさという面に現れていた。容赦なく顔を叩き、足を物差しで打った。押し入れや穴倉に押し込んで、暗闇の怖さを私にこれでもかと思い知らせた。後年、母は幼い孫にこうした仕打ちを笑い話のように聞かせていたが、孫はただ恐怖を覚えるばかり。敬遠される理由となったことを母はわかっていない。

どんな悪さや悪戯をしたのか覚えていないが、他人を傷つけるとか、盗みを犯した記憶はない。それなのに毎日毎日、躾と称して厳しく叱責され、叩かれた。

一番理不尽だと思うのは、客が帰った後のことだ。挨拶の仕方が悪い。足を投げ出して姿勢が悪い。菓子に手を出して行儀が悪い。必ず何かを口実に叱責を受けた。それも父がいない時に限って。あまりの泣き叫ぶ声に、隣家のおばさんが助けに来てくれることがしばしばあった。

今よく言われる「虐待」とは違うような気がする。しっかりした人間になるためには仕方のないことだと信じて、母は躾けていたのだろう。母が快楽を得るため、あるいは何かのストレスのはけ口として行っていたとは思いたくない。

「おまえを憎くて叩いているんじゃない。良い子になってほしいから」

母の常套句だった。とにかく子供の頃の母に関する記憶は、叱られたことと叩かれたことしかない。記憶は薄れていくはずのものだが、叩かれた方はその痛みを簡単に忘れはしない。いや、絶対に忘れない。たとえ親からされたことであっても、できればやり返したい。ずっとそう思っていた。

私はどちらかと言えば内向的な性格で、外で棒を振って走り回る男の子ではなかった。それに近所には比較的女の子が多くて、男の子同士で遊んだ記憶はあまりない。それでも夕方、外遊びから家に帰る時、服に付いた砂や泥は必ず玄関前で払い落とさなくてはならない。靴底に付いた土は落としてから玄関に入らなくてはならない。母は玄関が汚れることを異常なまでに嫌った。

ズボンからシャツがはみ出たままではいけない。襟も直す。まして、服が濡れているようなことがあってはならない。万が一、砂や泥を家の中に持ち込んだりしたら、母は火が付いたように怒り出し、叱声が飛び、痛い思いをしなくてはならなかった。夕食どころではない。

私は子供の頃から本を読むことが好きだった。本を読んでいればひとりでいられるし、叱られることはないと思った。絵を描くことも同じように好きだった。自分の殻の中に閉じこもることができた。でも、それはそれで母は気に入らなかったらしい。

「男の子なのに本ばかり読んで」「そんな隅っこで何をしている」

結局、家の中で静かにしていても遠くから叱声を受けた。

きつい躾を受けているうちに、私は逃げる方法を徐々に身に付けた。それはもうひとりの自分を思い浮かべることだった。叩かれている自分の脇に、平気な顔をしている自分を想像して置くのだ。そしてそこへ乗り移る。そちらは痛みを感じないし、母の叱声も聞こえない。時間が過ぎるのを平然と待っていればいいだけ。そんなふうに過ごすことにした。この方法は有効だったが、母はそんな私の目付きが悪いと言って、また叩いた。

社会人になってから、仕事で窮地に立たされても、この方法で何度も切り抜けることができた。表情を変えずに耐える術を会得していた。

自宅の1軒隣に幼稚園があった。幼稚園との境に幼児の背丈ほどの段差はあるが、それを乗り越えれば、3歳児の私でも容易に園庭に入れた。私は毎日のように入り込み、入園前にもかかわらず園児たちと一緒に遊んだ。同じような年頃の子供たちが楽しそうにしている中に入って遊んでいたかった。園庭には遊具もあるし砂場もある。まさにパラダイスだった。家事で忙しい母は、安心して放っておいてくれた。園児たちが教室に引き上げて園庭に取り残されても、私はひとりで遊び続けていた。

見かねた保母が教室に入るように誘ってくれて、園児たちとともにお絵描きや紙芝居を楽しんだ。結局、私は特例で入園を許可され、4年保育を受けた。


年長組になった頃、何か虫の居所が悪かった私が大声で叫んだ。

「こんな小さな幼稚園なんか、ゴジラが簡単に踏み潰してくれる」（新潟弁ではもっと汚い言い方になる）

すると敬虔なクリスチャン園長先生が我が家に乗り込んできて、母に涙目で訴えた。

「なんて酷いことを言うのでしょう。お宅はどんな教育をしているのですか」

当然、その晩はものすごく叱られた。

幼稚園児の私は、すでにゴジラの存在を知っていたことになる。ゴジラが現れて建物を壊して歩くのは東京だけでなく、日本海側の新潟にも上陸するのではないかという恐怖（期待）を幼心に抱いていたのだ。破壊は快感でもあった。

《小学生》
小学校は徒歩10分。木造の古い校舎が田圃の中に建っていた。校区はかなり広かった。
校区内にN軽金属の新潟工場や国鉄の官舎があって、児童の6割以上はそこから来ていた。
残りは農家の子と私のようなその他の子だった。

通学路は泥んこの農道みたいなもの。両脇の水路にはザリガニや蛙がたくさんいて、遊びには事欠かなかったが、いつもひとりだったような気がする。帰宅すると取ってきたザリガニや蛙を石に挟んで庭に埋めた。化石ができると信じていた。庭からすぐに越後線の線路があり、レールに耳を当てて列車が近づくのを楽しんだり、バットでグリ石を田圃に向かって打って遊んでいた。

父の従姉一家が新潟の中心部に住んでいて、そこには男の子が3人いた。遊びに行けば、四男坊扱いで可愛がられた。服を始めとして、いろいろな物を御下がりで頂戴した。シャツやズボンはおろか、下着のパンツまでもらっていた。それがブリーフ。体育の着替えや身体検査の時、女のパンツみたいだとからかわれるのが嫌だった。

チェック柄のボタンダウンのシャツ、下はGパン、靴はズックではなくバスケットシューズ。いつもそんな洒落た姿で登校し、先生たちの視線を集めていた。

低学年頃のことだ。新潟市は異様な雰囲気に包まれていた。北朝鮮への帰還事業が展開され、その拠点が新潟港だった。

「夢の楽園」と言われている祖国へ帰還する人々の熱気と冷たい視線で帰還船を見つめる人々が、小さな地方都市の港の前で交錯していた。帰還船が出港すると、街は急に静けさを取り戻していった。子供でも緊張と弛緩が揺れ動く異様な雰囲気を感じ取ることができた。

「悪いことをすると船に乗せて連れて行ってもらうよ」

その頃の母の脅し文句だ。

小学4年生くらいから、クラスで数人が選抜されて、人数が少ない5年生とともに鼓笛隊が編成された。市内全校の小学生による鼓笛隊演技が、翌年の新潟国体開会式で天皇皇后両陛下が到着するまでの前座として披露されることになっていた。しかし、当の児童は何もわからず、練習が繰り返された。リコーダーを持って、直径20ｍくらいの円を描いて歩くだけ。何をしているのかさっぱりわからなかったが、全体練習に参加するため、ときどき授業免除があり、それが特権で嬉しかった。円は新潟市のシンボルマークである錨の上部分の輪を描いていたようだ。他校の鼓笛隊はいろいろな隊列を組んで演じているのに、私たちは丸だけだった。

昭和39年6月16日の午後1時過ぎ、新潟地震が発生した。私は小学5年生。

新潟市は大混乱に陥った。信濃川の河口に発展した新潟市は地盤が極めて悪く、至る所で液状化現象が起きていた。建物被害の多くは地震の揺れによる倒壊というより、地面の沈下や隆起によるものが多かった。

信濃川近くの県営アパートが、まるでドミノ倒しのようにひっくり返った。新潟駅周辺のビルの何棟かは、ほぼ1階分の高さがきれいに沈下したり、隆起したりしていた。鉄道も道路も寸断された。レールが飴のように曲がって天を向いていた。道路は至る所で亀裂が走り、砂と水が噴き出ていた。

一級河川の信濃川に架かる新設の昭和大橋（約300m）が無残にも崩落。5月に竣工したばかりの短い命だった。橋脚2か所を失い、数か所で橋桁が落下して無残な姿をさらした。今では考えられないことだが、この橋から落ちた自動車も人もいなかった。その日、母は古町へ買い物に出かけ、落下の1時間前に歩いてこの橋を渡って帰って来たという。信濃川の川面が裂けて川底から水柱が上がり、次の瞬間、橋脚が沈んでいったという目撃証言がある。

昭和大橋は新潟国体の開催に合わせて完成させた近代的な橋で、石造りで情緒ある古風な萬代橋とは対照的な外観だった。完成から僅かしか経っていなかったことに建設省は大きなショックを受け、すぐに河野一郎建設大臣が駆けつけた。田中角栄大蔵大臣も視察に訪れた。橋脚が補強されて、12月には復旧したが、今でも橋脚は曲がったままで整然とは並んでいない。

新潟市では数日前に新潟国体が成功裏に閉幕し、街はほっとした気分に包まれていた。

この年の秋には東京オリンピックが開催されるため、通常は秋に開催される国体が6月に前倒しとなった。新潟地震は、こうした喜びのうちに閉幕した国体の直後に発生した大災害だった。

新聞に掲載された航空写真を覚えている方がいるかもしれない。信濃川の上空から河口に向かって撮られた写真には、無残に橋桁を落とした昭和大橋、空高く立ち上る石油タンク炎上の黒煙、堤防が崩れて浸水した川沿いの街並みが写っている。この写真が大きなパネルとなって小学校の体育館に掲げられた。暗い気持ちになってしまうこの写真の下で、卒業式を行ったことを今でもはっきりと思い出せる。

その日、私は日直当番だった。給食が終わった後の机を拭き終わり、バケツの水を捨てるため2階の教室から降りてくる途中で地震に遭遇した。もうひとりの当番と、バケツもろとも階段を転げ落ちた。私はてっきりもうひとりの当番がふざけたからだと思ったが、そうではなかった。中庭をはさんで建つ木造の体育館から、悲鳴とともに大勢の児童が出てきた。校舎や体育館からギシギシと不気味な音が聞こえてきた。

晴れて日差しがまぶしく感じられる中、児童は町内ごとに集められて、集団下校を命じられた。まだだれも地震だとは思っていなかった。

信濃川沿いは、堤防の決壊や津波で浸水。人々は泥水と港のタンクから流出した油に追われて、悲惨な状況に陥っていた。空を見上げると、見たことがない巨大な黒煙が上がっていた。港近くの石油タンクが地震で揺れ動いて、発火、大炎上となった。しばらくすると石油タンクの破片だろうか、アルミ箔のような金属片がキラキラと光りながらまるで雪のように降り注いできた。この石油タンクの火災は、当時の消火能力では鎮圧不可能とされ、燃え尽きるまで放置することになった。自衛隊やアメリカ軍に協力してもらったが、だめだった。

余震が続く中を、よろけながら下校した。道路の水溜りが左右に揺れているのかと思って見ていると、地面の方が左右に揺れているではないか。船酔いのような気持ち悪さに襲われた。足元がふらついてまっすぐ歩けなかった。家の手前で母が近所の人たちとともに呆然として立ち竦んでいた。聞けば、揺れで家を飛び出し、隣家に立て掛けてあった木材が崩れ落ちた音を聞いて家が潰れたと思ったらしい。ふたりで家の中に入ると、熱帯魚を飼っていた水槽がひっくり返り居間は水浸し。畳が波打っていた。母は泣き崩れて、私にしがみついてきた。父は仕事で遠出をしており、帰宅は夜半になってからだった。

地震発生から数日後のことだ。母が私に、母が育った叔父の家に着替えなどの救援物資を届けるように命じた。その家には、母が実の妹のように可愛がっていた20歳くらいの娘がいて、母はかなり心配していた。リュックサックを背負い、ひとりで越後線の線路伝いに新潟駅まで歩いた。そこからは記憶にある風景を頼りに道を探し、叔父の家を目指した。泥と異臭でどこも混乱していた。朝、家を出発して、戻ったのは夕方だったような気がする。最初は冒険気分で出かけたものの、10歳には少々過酷な任務だった。

我が家は倒壊こそ免れたものの、家の土台はガタガタに歪み、屋根が波打った。父はひとりで家の土台を直し、屋根の瓦を整えた。室内の戸や障子、敷居も修繕した。父は大工の経験などないのに器用な人だった。

電気・ガス・水道といったライフラインは、完全に止まった。いったいどうやって生き延びたのか思い出せない。近所の農家に行って井戸水をもらい、庭で火を熾して湯を沸かし、飯を炊いたりした。今とは大違いで、救いを待つよりも、自力で何とかしようという底力をだれもが持っていたように思う。「避難」とか「救援」という言葉は、あまり聞いていない。今なら各地からの支援やボランティアがすぐに行われるが、当時はまったくといっていいほど外部からの支援は見かけなかった。

落ちた昭和大橋付近は立ち入り禁止となったが、子供たちにとっては格好の遊び場と化し、橋のたもとの坂で自転車を乗り回して終日遊んだ。橋の復旧工事は社会科見学となり、小学校からゾロゾロと歩いて見に行った。大きな橋桁を持ち上げるために広島から曳航されてきた巨大クレーン船には圧倒された。新潟港に到着してから萬代橋をくぐれないことがわかり、一旦はクレーンを解体するなどということもあった。落ちた橋桁は、何本もの太いワイヤーロープで吊上げられた。最後に巨大な橋桁は、ヒョイと橋脚に乗せられた。

作業員が赤く熱した鉄の鋲を下から放り上げると、上では三角帽子のような器で受け取り、大きなハサミで鋲を摘まんで鋲打ちをする。たまに受け取りを失敗すると鋲は川の中へ落下。「ジュッ」と音がした。成功したら歓声と拍手、失敗すると落胆のため息。復旧工事を一日中眺めていても飽きなかった。

学校は2~3週間休みになったと思う。児童が登校できても、先生が通えなかった。その振替措置として、夏休みは随分短縮となった。

昭和40年1月、後に「新潟デザイナー誘拐殺人事件」などと呼ばれた事件に遭遇した。私の家に新潟県警の刑事がやって来て、母と玄関でぼそぼそと話をした後、私にも質問してきた。

「線路わきで赤い小旗か布切れを持った人を見なかったか」

冬の寒い時期に線路わきに立っていれば、かなり目立つ。私は小声で「知らない」と答えた。

事件は、身代金目的で若い女性を誘拐した犯人が、身代金受け取りの方法を少し前に公開された映画『天国と地獄』を模したというのだ。私の家は国鉄越後線の線路わきにあり、新潟駅を出た列車が信濃川に架かる鉄橋を渡るために大きく右カーブする、その内側にあった。当時の線路はただの土手みたいなもので、だれでも勝手に立ち入ることができた。実際には行われなかったようだが、犯人はどうやら我が家の付近で線路わきから合図を送って身代金を投下させるつもりだったらしい。残念なことに、誘拐された女性は殺害されて発見された。

私は小学校の高学年になって、ボーイスカウトに入団した。土曜日の夕方6時から9時まで集会。夜の新潟市内を縦横無尽に自転車で駆け巡り、後に横田めぐみさんが拉致された海岸や松林を探検していた。帰宅がともすれば夜の11時くらいになることもあった。日曜日も、たいていは早朝から集まって遊んでいた。当時はきちんとしたリーダーの下で活動していたわけではなく、自営業のOBや大学生らが不定期に来ては、面倒をみてくれる程度のものだった。体系的に教わったわけではないが、手旗信号、モールス信号、救急法、結索法などを見様見真似で習得した。キャンプに行けば、火熾しから炊事、洗濯、野営の設営まで自力でやった。この時期に『自分のことは自分でする』という基本的な生活能力を身に付けたことは間違いない。

《中学生》

中学校は、家から歩いて3分もかからない所にあった。やはり木造で酷い校舎だった。冬は隙間風が吹き抜け、教師もコートを着て授業をしていた。唯一の暖房は石炭のだるまストーブだけ。ストーブの周りには弁当棚があって、異様な臭いが教室に充満していた。2年生頃から生徒数が急激に増えてきて教室が足らなくなり、プレハブ教室がグラウンドに建てられたが、それでも足らず、「移動教室」という措置が取られた。朝のホームルームを体育館の片隅や家庭科室などで済ますと、体育や音楽で生徒が出払った教室に鞄を持って移動する。それはほぼ毎時限のことで、「流浪の民」のようだった。ときどき混乱が生じて授業は停滞。落ち着かない日々が続いた。

中学から高校の頃の楽しみのひとつに深夜放送があった。布団に入ってからラジオのチューニングをするのが、ゾクゾクするほど楽しみだった。天候が安定していて運が良ければ、東京の深夜放送を捉えることができた。だめな時は、いくら試みても雑音しか入らなかった。

翌朝、深夜放送を聞いたことがクラスでの自慢話となった。東京の放送ばかりではなく、時には海上保安庁第9管区の気象放送、北朝鮮やソ連からのプロパガンダ放送を傍受できた。ロシア語の放送は皆目理解できなかったが、北朝鮮の放送は日本語だった。内容はもっともらしいことを言っているので、時には朝方まで聞いてしまうこともあった。

もうひとつの楽しみは読書だった。布団に入ってから、しばらくは読書をしていた。『戦争と平和』『罪と罰』『復活』『カラマーゾフの兄弟』『アンナカレーニナ』『赤と黒』等々。ロシア文学を中心に難解な物語ばかり選んで読んだ。歴史や宗教観が素地になければまったく理解できない物語ばかりだが、読んでいるだけで満足感と優越感を味わっていた。今、何ひとつ覚えていない。


昭和43年5月16日、午前9時48分、十勝沖地震が発生した。私は中学3年生。宮城県松島付近にいた。

新潟市の中学校修学旅行といえば、東京と鎌倉の観光が定番だが、私の中学校だけはテストケースとして東北を巡る旅行となった。東京タワーに行けないのは残念だった。なぜ東北かというと、学年主任の社会科教師による強い進言で、昭和の大修理を終えたばかりの中尊寺金色堂を見学することがメインとされた。

新潟駅から磐越西線と東北本線を乗り継いで仙台駅へ。青葉城址・松島・瑞巌寺。バスで厳美渓、さらに平泉の中尊寺・毛越寺というルートが設定されていた。

初日の宿泊地は松島。校長も同行していた。翌朝、バスに乗車し出発してから地震が発生。かなり揺れたのだろうが、だれも気付くことなく、教師と生徒合わせて約１２０人は平泉方面に向かった。大地震が起きたことをラジオなどで知ることもなかった。

中学生の目から見ても、金色堂は眩しくて尊厳に満ちていた。毛越寺の庭園は貴族的雰囲気と優美な景観がすばらしく、この世のものとは思えなかった。

しかし、その後が一騒動。留守番教師が安否を問う連絡を再三入れたにもかかわらず、一向に連絡が取れない。想定外の出来事への備えがまったくなかった学校側は、父兄からの問い合わせに対応できず、留守番の教頭が平謝りの連続。今の時代なら大きな責任問題になったはずだ。ともかく交通網が遮断されず、全員無事に予定どおり帰れたことは不幸中の幸いだった。大満足の表情で帰校した校長も教師も生徒もきょとんとするばかり。後味の悪い修学旅行となってしまった。結局、テストケースは失敗と認定されて、翌年から元の東京・鎌倉コースに戻り、東北に行ったのは私たちだけで終わった。


中学時代の成績はまあまあ上位にいた。ただ、中間テストだけは順位が落ちた。それは主要5教科（国語・数学・英語・理科・社会）に加えて音楽が試験科目にあったからだ。目立ちたがり屋だった音楽のK女教師が、自分の存在をアピールするために音楽を中間テストに加えたのだ。これは、後年の同窓会に参加した本人から自慢話として聞いたのだから間違いない。

多くの中学生に、絶対音感が備わっているわけがない。ピアノを習っていなければ、音階や和音の聴音、変調・転調・移調などできるわけがない。私は、これには何か数学的法則があるはずだと、深夜まで必死に取り組んでみたが解明できず、いつも惨敗。6科目の総合得点で順位発表されるのは悔しかった。

音楽のせいで順位と平均点を大幅に押し下げてしまい、成績上位安定を危うくさせた。しかも音楽は、高校の受験科目にはない。どれだけ辛かったことか。個人の欲求を満足させるために多くの生徒に苦痛を負わせたK女教師を今でも怨んでいる。将来、自分に子ができたら、男の子だろうが女の子であろうが、絶対にピアノを習わせようと決心した。

そして3年生になった頃、重大事件が発生。ある時、あまりに病的で執拗な母の小言に耐え切れず、思わず母に体当たりした。そして次の瞬間、母の首に両手がいった。自分で何をしているのか、善悪の判断がつかないまま突き進み、母の苦しそうな声を耳にして力を抜いた。

母に対して、初めて歯向かったのだ。我に返った私は、自室に駆け込んだ。その時から母は、息子の腕力にかなわなくなったと悟ったらしく、叩くことを一切しなくなった。反撃されることを恐れたのだろう。そしてこの事件を口にすることはなかった。

もし、私があれ以上力を込めていたらどういう結果を招いたか。想像しただけでも恐ろしい場面だった。今まで無抵抗でおとなしいはずの息子が牙をむいてきた。叩いたら泣いて謝ると思っていた息子が想像以上の力で反撃してきた。母にしてみれば、痛みよりも驚き以外の何物でもなかっただろう。

父母の愛情を一身に受けて、過保護に育てられたひとりっ子。性格は穏やかで、勉強はほどほどでき、近所の人や先生からは模範的な優等生と見られていた男の子が、中学生の後半あたりから内面では激しい憎悪をむき出しにする男の姿を見せ始めた。

日常生活の中のこうした母と私の間の火花を父は見ていない。いつも不在。つまり、父は私にとって庇ってくれるような頼れる存在ではなかった。苦悩を相談できる相手ではなかった。

私は、父に叱られた記憶がない。もちろん父に叩かれたこともない。

時折、親戚や知人の家で食事をともにすることもあったが、いつも母はそこで下女のように動き回っていた。談笑の輪に交じることもなく、食事の支度はおろか、その後の皿洗いや台所の片付けを何も言わずにやっていた。何で母がそこまでしなくてはならないのか。他家に対して食事をご馳走になったお返しというものとは違っていた。私は不可解だった。我が家では口数が勝り、権勢を誇っている姿とはまったく別の姿がそこにあった。その家の子供までが母を見下していたように感じられた。母に何の負い目があったのかわからないが、私は母のそうした姿を見るのが、大嫌いだった。

私は中学生の後半頃から、早く親元を離れようと考え始めた。普通に高校進学するのではなく、長岡の高等専門学校や七尾の海員学校に進めば寮生活となり、家を出られると単純に考えて担任教師に相談したこともある。しかし、結局は父母に言い出せなくて、普通高校に進学することになった。

《高校生》

昭和44年、N高校に入学。私は県内1位の進学校に入学できたことについて、あまり有頂天になった記憶はないが、母は違った。母は隣近所に自慢の息子を吹聴して回っていた。

1学年の定員は450人、10クラス編成。うち女子生徒は50人。ほぼ男子校だ。1年次は各クラスに女子5人が均等配置されるが、2年次から5クラスは男子だけで編成されるのが慣例となっていた。私は2年・3年とも男子クラスで過ごした。グラウンドは野球とラグビー・サッカーが同時にできるくらいの広さがあり、少し歩いて松林を抜ければ日本海。水泳の授業は、プールではなく海でやっていた。

入学してすぐに私はクラブ活動（軟式テニス）にのめり込んでしまい、勉強することを忘れ去った。どの運動クラブにも一流の技能を持った顧問教師が付いていたが、彼らは新潟国体の優勝請負人として東京の体育大学からスカウトされ、そのまま高校の体育教師として居残った人たちだった。普通の職員室とは別の、体育館脇の専用室でいつもたむろしていた。N高校のクラブ活動などは彼らから見ると、あまりにレベルが低すぎて、端から教える気など起きなかったのだろう。練習には、年に1回か2回、大会直前に顔を見せるだけだった。

ともかく何とかなるという楽観的な思い込みで高校生活をスタートしてしまった私の学業成績は、下位低迷。赤点、追試の常連。しかし、それを経験することが、何か特別で勲章か向う傷のようにかっこいいと勘違いしていた。バカの極みだった。ついに最悪の事態が訪れた。1年生2学期の中間テストで総合順位が445人中の443番。担任から衝撃的な宣告を受けた。

「おまえの後ろにふたりいるが、ひとりは病気で長期欠席。もうひとりは学生運動に現を抜かしテストを途中棄権している。実質、おまえが最下位だ」

驚きと同時にそれがどうした、という開き直りの気分で帰宅した覚えがある。あの答案用紙では当然の結果だった。国語は教科書から出題されるのは当たり前だが、その教科書を読んでいない。英語は設問文が英語なので、それがわからない。数学の問題は4問のみ。B4用紙が4分割され、10点、20点、30点、40点の配点となっていた。赤点ラインの40点以上取るのは至難の業だ。あとの教科は推して知るべし。

母は悲嘆にくれて泣き崩れている。高校を中退して働けと言うならそれでもいいかなと思ったが、父は「これからどうする気だ」と一言だけで、あとは何も言わなかった。

中学時代は適当に勉強しただけで学年10位くらいにいられたが、高校はそうはいかなかった。市内の秀才が集まってきているのだから、生半可な努力では太刀打ちできないのは当たり前のことだった。それに、もはや手遅れ。私の持っている全エネルギーは、勉強ではなく、クラブに注ぐように形成されてしまっていた。それと、N高校に入れたことで父母の学歴を追い抜いたという妙な達成感があったのも事実で、その先はどうでもいいという気持ちが強かった。

多少の反省をして勉強らしきことをしたものの、以後のテストで400番台から上にいくことはなかった。不思議と不登校や退学を考えることはなく、毎日、教科書よりも弁当箱を大事に抱えて登校し続けた。母は何も言わずに弁当を作り続けてくれた。

クラブを終えて自転車で昭和大橋を渡る時、夕映えの中に弥彦山と角田山が浮かんで、信濃川の川面がキラキラ光る。越後線の鉄橋を電車が走っていく光景は最高に美しく、もう一度見たい風景として心に残っている。今は残念ながら無粋な県庁が建って

昭和大橋から見た夕暮れは思い出の風景

しまい、墓石のように見えてしまう。

昭和45年、高校2年生の11月下旬。どんより曇ったその日は、志望大学を選定するための大事な校内模試の日だった。前日、三島由紀夫割腹事件が東京市ケ谷であり、教室ではひとしきり話題になっていた。

下校途中、自転車で古町の本屋に寄り道したところ、自動車に自転車もろとも跳ね飛ばされ、10m先の道路縁石に頭から落ちて意識を失い、救急搬送された。

救急車の中で身元確認を求められたが、意識が霞んで応えられない。言葉が出てこない。学生服の襟章でN高生であることはわかったらしいが、鞄の中は空の弁当箱と『平凡パンチ』しかなく、家に連絡がいったのは随分後になってしまった。外傷による出血はなかったが、翌朝まで意識がはっきりせず、点滴が続けられた。医師が足の裏に器具を押し付けたり、爪を押したりしていたが、感覚がまったくなかった。

搬送された病院はN高校の近くにあり、しかも院長の息子は同級生だった。「永野の交通事故・入院」は一気に校内に広まった。翌日から同級生だけでなく、教師やクラブの先輩・後輩など、数多くの見舞客が訪れてくれた。母はいちいち丁寧に対応し、飲み物と菓子を振る舞っていたが、大半の連中は下校途中の立ち寄り休憩に過ぎなかった。私は頭痛が消えないまま、ベッドで横になって見舞客の顔をボンヤリ見ていた。数日間、経過観察した後に退院した。診断書には『外傷性頸部症候群および腰椎打撲』と書いてあった。要は、単に打撲という診断で済まされたが、その後が悲惨だった。

帰宅してから、身体に異変が生じた。首が動かない。肩が張る。右手の感覚と握力がおかしい。右目の視界が霞む。背中が強張って手を上げることができない。あわてて整形外科の専門病院で診察を受けたら、後頭部と頸椎を強打したことによる重度の鞭打ち症であることが判明し、即入院を言い渡された。大晦日は一時退院できたが、ひとりでは顔を洗えないし風呂にも入れない。座ってもいられない。姿勢を保てない苦しさは尋常ではなかった。結局、元旦の午後、病院に戻った。

年が明けてしばらくしても症状の改善は捗々しくなく、病室で天井ばかり見ている日々が続いた。ベッドの頭の方の足を10㎝ほど高くしてベッドに傾斜を作り、革ベルトのような器具に頭を入れて枕をせずに仰向けで寝ることによって、体重で頸椎を矯正することになった。まるで首吊りのような姿勢で毎日を過ごした。

年が明けてしばらくすると2年生の出席日数が危なくなってきたので、登校しなくてはならなくなった。医師にそのことを伝えると、針の長さが10㎝もある注射器を2本持って病室に現れた。それまでは首や腰の牽引と痛み止めの投薬だけだったが、その日、入院してから初めて即効性のある外科的治療が実施された。医師の両手には手袋。滑り止めの粉がふってある。看護師ふたりが私を羽交い締めに抑えてから、医師が正対した。そして入念に首を消毒した後、首の後ろ側からでは頸骨があって針を刺せないので、喉仏の辺りからの注射となった。男なら我慢しろと医師は真剣な眼差しで言った。恐怖で悲鳴もあげられない。不思議と痛さは感じなかった。

結局、11月下旬から翌年の学年末3月まで、大半を欠席。2学期末試験と2年生の学年末試験は免除となった。出席日数が危うかったが、担任教師のおかげで何とか3年生に進級させてもらった。

春になっても私の身体は思うように動かなかった。早退と欠席が目立った。登校しても教室より保健室で横になっている時間が長い日もあった。当然、体育の授業は免除、クラブは禁止。つまらない3年生の始まりだった。自転車に乗れず、首にコルセットを装着した姿でバスに乗るのは、好奇の視線を受けて嫌だった。かといって、コルセットなしでは不安で動けなかった。頸部の痛み、肩の張り、爪の色の悪さといった後遺症と思われる不調は今も続いている。

その頃、周りの級友は着々と受験勉強を重ねていた。私は勉強よりもクラブのために高校に通っていたので、大学で何かを学ぶとか、将来は何になりたいとかの希望や夢は持ち合わせていなかった。そもそも大学受験の厳しい現実を知らず、志望校さえ間違えなければ簡単に大学生になれるものと楽観視していた。3年生になっても勉強はそっち除けでビートルズの楽曲に酔い、拓郎や陽水に憧れていた能天気ぶりは、今思い返すと恥ずかしい。

N高校に在籍しているだけでW大やK大は容易に入れるという大それた錯覚をしていたが、当然のことながら学力不足と準備不足は否めず、トライした大学受験はすべて失敗した。

W大商学部を受験した時のことだ。会場に入り、番号を確かめて着席すると階段式大教室の一番前。後ろを振り向いたら上の方が霞んで見えないくらいの受験生がいた。その景色だけでとんでもない重圧を一身に受けてしまい、沈んだ。また、日本史の試験の際、開始の合図とともに教室中に問題用紙を開く音が渦巻いた。新聞紙を広げたくらいの大きさがあった。これを90分で解くのは無理だろうと、早々に気が萎えてしまった。

必然の敗北だ。マンモス私大のどこかに潜り込めると考えていた目算は見事に外れた。当然、現実はそんなに甘いものではなく、努力なしで成果を得ようとするのは大きな間違いだと気付いたのは、受験が終わってからのことだった。

高校の卒業式は、大学に進学が決まった生徒と失敗して浪人が決まった生徒とに二極分化された。正直なところ、気分的に登校しにくかった。この混在は勝利者と敗北者、優越感と劣等感、希望と失意、いろいろな模様を生み出していた。さらに失敗組でも、教師から「運がなかった。来年は頑張れ！」と声をかけられる生徒と、最初から浪人確定と目されていて無視される生徒に分かれていた。

当然、私は後者の完全敗北者で、教師に激励の声をかけられることなく、丸めた卒業証書を持ってさっさと帰宅した。「あいつがA大?」「あんなやつでも現役合格?」羨ましいような妬ましいような気持が湧いて、胸中は渦が巻いていた。

卒業式の晩、クラスの打ち上げ会が古町の某店で開かれた。ほとんどの級友が参加。未成年であるにもかかわらず、ビールやウィスキーでドンチャン騒ぎとなった。単なる解放感を得たいだけ。酒に酔うという感覚を初めて覚えた。

深夜になって解散。三々五々帰宅したが、数人が路上で嘔吐してしまった。飲んだこともない酒を短時間で大量に飲んだからに他ならない。嘔吐した場所が交番前という不運(?)が重なった。翌日、自宅に警察から連絡があり、署に出頭しろと言う。母は半狂乱。泣きながら叫び続けた。

「おまえは前科者になってしまった」

「親戚に顔向けできない」

「就職はできない」

私は二日酔いで朦朧としながら聞き流し、開き直りの気分で署に出向いた。署でひととおりの説教を聞かされ、顔写真を撮り、指紋を採取され、用意されていた調書にサインして帰宅が許された。これで前科者になってしまったのかと、頭の片隅で切れていた。この件でも父から何か言われた記憶はない。

あとで聞けば、見事に参加者全員が芋づる式に呼び出しを受けていた。幸いなことに、卒業生ということで大事に至ることなく終わった。一番割を食ったのは某店で、未成年者とわかって飲酒させたとして、しばらくの間、営業停止処分を受けることになった。そして愚かな卒業生のために、高校を始めとして担任教師が必死で火消しに回ったのは想像に難くない。担任のH先生には本当に申し訳なく思っている。

この件は今でも我がクラスにとって、消し難い卒業式の思い出となっている。後年、交番前で嘔吐した級友はみんなからボコボコにされた。

《予備校生》

大学受験に失敗して1年だけ浪人を許してもらい、上京することになった。新潟市内に予備校がないわけではなかったが、自宅での浪人生活は耐えられないと思っていた。それは、一刻も早く母から離れてひとりになりたいと考えていたからに他ならない。上京するに当たって、不安は一切なかった。母の束縛から解放される。母の干渉から離れられる。母の小言を聞かなくて済む。そのことが最大の喜びとして心を占めていた。

大学進学を希望したのは、クラスの大多数が東京の私大を目指していたので同調したに過ぎない。法曹を目指すとか、経済学を学びたいとか、具体的かつ明確な信念はまったく持ち合わせていなかった。だからこの時期になっても志望の大学、学部も明確に定まっていなかった。

縁があって池袋にある予備校に決め、大塚にある寮に入った。大塚から都電沿いに東池袋まで歩いて予備校に通った。巣鴨刑務所の跡地にサンシャインビルの建設が行われていた頃だ。まだ穴ばかり掘っていて、ダンプカーが頻繁に往来していた。ここに巨大高層ビルができるとは想像もしていなかった。

とりあえず私は、目標を私大文系に絞って猛烈に受験勉強を始めた。寮生の中にはすぐに遊びを覚えて脱落していく連中もいたが、私は脇目を振らず、自分の世界を作ってひたすら受験勉強に集中した。時折、大学生となった級友が激励に来てくれた。大学の講義の様子や名物教授の話を聞くと、羨ましくて仕方なかった。

5月の連休頃、大手予備校の全国模試にトライしてみた。結果は何と全国受験者の中の第4位。自分でもびっくり。まだだれも受験勉強を本格的に始めていない時期なので結果を鵜呑みにするわけにはいかないが、モチベーションは上がり、俄然勉強に火が点いた。

おそらく一生の中で一番勉強した時期だったと思う。3科目だけやればいい。国語は古典に重点を置いて、過去問をひたすら反復。出典は限られているし、設問はほぼ同じ。日本史は、Y出版の教科書を本文から脚注まで隈なく暗記。外を歩く時、行き交う車のナンバープレートを年号に見立てて年表を思い浮かべることにした。一番不得手な英語は、小さな英和辞典（通称『赤単』）を丸暗記。単語、例文などをすべて頭に叩き込んで、長文読解に照準を合わせた。

『4当5落』睡眠4時間は合格、5時間は不合格。今日覚えたことを忘れてしまいそうで寝るのが怖かった。英単語が脳から流れ出てしまうのではないかと心配で、朝起きるとすぐに昨夜の復習をした。余計な情報や雑念を目にしたくなかったので、この1年間はテレビを見ないで過ごした。

しかし、冷静になって考えてみると、現役の頃にこのくらいの勉強はできたはずだった。まったく余計な1年間だったとつくづく反省している。それと、この1年間でやったことは勉強というより、受験テクニックの習得に過ぎず、本当の意味の勉強とは言えないことに気が付いた。勉強は教養と知性につながらなければならないはずだが、この1年間で頭に詰め込んだものは受験が終わったらすぐに忘れてしまい、何も残っていない。教養と知性を身に付けるには、別の努力が必要だと痛切に感じた。

予備校生の秋頃、父が突然上京してきた。何かと思ったら、今まで続けてきた自営業を廃業して印刷会社に勤めるという。それがどういうことを意味するのかさっぱりわからず、今の自分には関係ないと思い、受験勉強に没頭した。父には申し訳なかったが、話は上の空で聞き流し、ほとんど覚えていない。一晩だけ美味い晩飯が食えただけのことだった。

《大学生》

昭和48年春。1浪の後、何とか合格することができた。C大、M大、R大、G大と軒並み合格したが、なぜか第1志望のW大には合格できなかった。模試では、合格圏内だったが、縁がなかったと諦めるしかなかった。

しっかりとした比較検討をすることなく、入学先をC大法学部法律学科に決めた。父母に相談しても答えが出てきそうにないので、自分ひとりで決めるしかなかった。

父母に唯一申し訳ないと思ったのは学費の件だった。どこの私大も前年度の学費から倍増。C大は年間6万円だった学費が、今年度から12万円に跳ね上がっていた。現役合格していれば、余計な負担をかけず、半分で済んだかと思うと申し訳なくて仕方がない。

C大のキャンパスは、御茶ノ水駅からニコライ堂の脇を通って小川町方面に下った所にあった。狭い敷地に校舎が密集し、平面も空間も乏しいキャンパスだったが、学生街の真っ只中にいる実感を満喫できた。C大は八王子市への移転が決まっていて、私たちの年次が御茶ノ水で4年間過ごせる最後となった。

大学生となって上京する日、母が近寄って来た。また小言か愚痴か、あるいは食事や健康への小うるさい注意かと思ったら、予想外の言葉だった。

「女を泣かすようなことをしてはいけない」

男親が言うようなことをサラッと言った。その時はどういう意味なのか理解できなかったが、このフレーズは頭にしっかりと刻み込まれた。

入学式に父も母も上京するとは言わなかった。

母がどこかの伝手で高円寺に下宿を探してきたが、3か月足らずで引き払い、自分で探した西荻窪の木造アパートへさっさと引っ越した。母との関わり合いを避けたくて、しばらく内緒にしていた。

しかし、アルバイトをして学費を自分で工面するような根性はなく、仕送りだけを当てにしている身としては、居場所を知らせないわけにはいかなかった。月々の生活費は父母からの仕送り以外に考えていない、甘い自分がいた。引っ越したことについて、母は何も言わなかった。

月3万円の仕送り。ぼろの木造アパート4畳半の家賃が1万5千円。残り1万5千円で電気ガスの光熱費・食費・銭湯などを賄う。1日当たり約500円の生活だった。当初夢見た東京を遊び歩けるような余裕はまったくなかったが、大学にさえ行けば安い学食があり、何の不自由も不安も感じなかった。金がなければ、部屋でじっとしていればいい、文庫本でも読んでいればいいと考えていた。仕送り額は4年間変わらなかった。友人ができて、大学近くの喫茶店で過ごす時間が長くなった。1杯50円のコーヒーで何時間も語り合うことが何よりも楽しかった。

大学紛争はすでに下火となっていて、中核や革マル、赤ヘルや黒ヘルの姿は学内にあったが、私は興味も関心もなかった。第一、彼らの話は現実離れしていて理解不能だった。凶暴でうす汚い連中としか映らなかった。学業に影響があったのは、大学封鎖のため、1年生の学年末試験が全科目レポート試験に振り替わったことくらいだった。レポート試験はそれなりにきつかった。

大学のクラスは語学の履修選択で30人程度の編成となっていたが、入学してこない学生もいて、正確な顔ぶれはわからない。クラスには女性が5人いて、その中のひとりが後に私の妻となった。

C大は法曹を目指す学生が多い。クラス内には本気モードの学生が数人いた。1年次から授業以外に専門課程の勉強を進め、さらに外部団体での勉学を惜しまない様子は、とてもストイックな感じだった。そうでもしなければ、とても司法試験の壁を破れるものではない。私も外部団体の加入試験を受けてみたが不合格となり、早々に法曹の途を諦めた。クラス内でひとりだけ司法試験に合格して弁護士になった女性がいたが、残念なことに病気で亡くなってしまった。

1年生の秋、金曜日の晩、大学主催の『50㎞ナイトハイク』に深く考えもせず、成り行きで友人ふたりとともに参加した。御茶ノ水キャンパスから八王子市に建設中だった新校舎まで夜の甲州街道をひたすら歩く行事だった。新宿・笹塚まではワイワイで済んだが、そこから先は無口になり、終電車の前にどこで帰ろうかと考えていた。水も食料も防寒具も持たない無謀な挑戦だった。日野市で多摩川を渡った所までの記憶があるが、あとはヘトヘトになって意識朦朧。どうやって西荻窪のアパートに帰ったかわからない。土曜日に戻って、気が付けば月曜日。日曜日の記憶がない。足が痛くて動けなかった。

2年生の秋、確か法学の授業だった。教授は登壇するや否や、「諸君はここで何をしている。今日は神宮球場で田村君と宿敵『江川』との対決がある。応援に行け！」と叫んだ。渋々と言うか、流れで大学が用意したバスに乗って球場に向かった。応援が功を奏したか、試合は「1対0」で完封勝利。昔、安保闘争が激しかった頃、「諸君はデモに行け！」と叫んだ東大教授がいたというが、単なる野球狂の法学教授はこれを真似たに違いない。

4年間は瞬く間に過ぎていった。4年生の秋から就職活動が始まり、わけもわからず企業訪問を重ねた。石油ショック後の不況で就職先の門は狭く、特にメーカー関連の採用は激減。そのため多くの学生が金融・証券・保険業界に殺到した。

1・2年生の一般教養課程と3年生になってからの専門課程で「優」が20個以上ないと就職先での面接すらできないと言われた時代だった。我ながらよく乗り切ったと思う。

昭和52年、留年せず大学を無事卒業。父母は卒業式にも来なかった。それどころか、私の大学生姿を見に来ることはなかったような気がする。

《社会人　大阪支店》

東京に本店がある半官半民の金融機関に就職できた。面接試験で、ひとり息子なのに全国各地を転勤するのは大丈夫かと試験官からしつこく訊かれたが、大丈夫と答え続けた。四大卒の同期は90人。支店は全国に約100か所。年功序列が崩れずに、順当にいけば支店長になれる、とまたしても楽観的観測をしてしまった。実際には国立大系出身者が優位な組織で派閥もあり、私大出身者の台頭は狭き門だった。

父母は、新潟の地元企業に就職するものと思い込んでいたらしく、それなりに縁故を探って途を付けてくれていたが、私は見向きもしなかった。意外なことに、高校の同級生の大半は東京での大学生活をエンジョイした後、おとなしく地元の企業や役所に就職して戻っていった。Uターンしない私は仲間内で異色の存在となった。地元の企業や役所には強い高校閥や中学閥があることを聞いていた私は、就職した後までも同級生らと顔を合わすことをしたくなかった。

どこの支店に配属されるかは、ぎりぎりまで知らされなかった。事前に配属希望を書けというので「1．新宿支店、2．東京都内、3．関東地区」と提出した。戻ってきた答えは何と大阪支店だった。関西は、高校2年生の修学旅行で京都の神社仏閣と大阪万博に行っただけ。まるで未知の世界に放り出されることになってしまい、驚きと悲嘆と期待がゴチャ混ぜになった。父母も妻（まだ結婚前だが）も絶句した。

西宮市の山手にある独身寮に入った。そこには大阪府内と神戸・尼崎に通う約60人が住んでいた。「女人禁制」とか、厳しい寮規則はなく、平和な独身寮だった。ときどき、ハイヒールが玄関にあるとドキッとした。

独身寮は西宮市の山手にあり、芦屋市との境に建っていた。周囲は閑静で大豪邸ばかり。まったく不釣り合いな場所に建っていた。朝夕は黒塗りの送迎車が行き交う。付近に商店街はないし、飲食店もない。まだコンビニはない時代。庶民には極めて不便で暮らしにくい地域だった。

通勤は、朝は国鉄、帰りは阪急を使うのが大体のパターンだった。当時の国鉄芦屋駅や西宮駅は、暗くて薄汚い駅舎で駅周辺に飲食店はなく、空腹で帰って来た時は悲劇だった。

初任給は、基本給と資格給を合わせて8万9千円からスタート。多いのか少ないのかわからないままサラリーマン生活が始まった。先輩から生涯の総獲得賃金は約3億円だと教えられた。そして、3億円以上を狙えるなら横領でも何でもやってみろと言われた。要するに、はした金に目がくらんで一生を棒に振るなという忠告だった。


大阪支店では、貸出しの契約書や根抵当権や質権の担保手続きを行う契約係に配属された。大学で学んだことが幾分かは役立ち、仕事は楽しかった。私はこうした実務をノートにまとめて、簡単なマニュアルを作った。それを転勤していくある先輩に差し上げたところ、評判になってしまい、次から次へとオーダーが入った。大阪支店のような規模の大きな支店には契約係という専任がいるが、地方支店ではすべて自分ひとりで処理しなくてはならない。そこで、ノウハウを詰め込んだ実務ノートは重宝された。それと、なぜか私は上司や先輩に可愛がられた。だれかの子分になって付いて回るとか媚を売るとかではなく、仕事はきっちりやる。相手がだれであろうと筋を通して間違いを正す。そんな仕事ぶりが好評を得たのかもしれない。お陰で、残業後の夕食代やミナミやキタでの飲み代、サウナ代、さらには帰りのタクシー代はいつも出してもらっていた。自分で支払った記憶がない。

もうひとつ変わった任務として、二世職員の教育係を仰せつかった。本店重役の子息を後輩職員として、公私ともに御守りする役だ。私はあまり重大に捉えることなく、自然体で付き合った。中でも1年後輩のMとは馬が合い、気兼ねない付き合いが続き、私は慕われる存在だった。お互いに結婚式の司会を務める間柄でもあった。そんなMは、昨年、初孫が生まれる1か月前に大腸癌で急逝してしまった。年上の人が亡くなるのは仕方ないが、年下が亡くなるのは辛い。

妻の実家には、大学生の頃から出入りさせてもらっていた。遠距離恋愛の初めの頃は日帰り逢瀬だったが、そのうち泊めてもらえるようになった。義父は警察官で、初対面は眼光の鋭い交通機動隊（白バイ）の制服姿だった。妻の両親は私と同郷の新潟県出身。それだけで何となく受け入れてもらい、結婚話はスムーズに進められた。実は妻の妹の方が結婚は早かったのだが、私はその披露宴ではすでに親族の一員となって座っていた。

入社して2年後、いよいよ営業職に就いた。最初は繊維担当。「バッタ屋」「B反」「現金問屋」いろいろな言葉を知った。そして、粉飾決算を見抜く技術を身に付けた。次に鉄鋼と不動産を担当した。今のＵＳＪのある辺りは中小の鉄鋼関連工場が数多くあって、よく通った。当時、鉄鋼業界は不況の嵐で、融通手形が飛び交い、倒産が頻発していた。一方、不動産は大阪近郊の宅地開発が活況だった。現地確認のため、大津や奈良、明石などにも足を延ばした。お陰で関西の地理を頭に入れることができた。ただし、奈良の造成地では土器が出てこようものなら案件は即凍結。回収不能の危険があるので、慎重を期した。

昭和55年4月に26歳で結婚。妻は大学の同級生（現役生）で、1歳年下。大阪―東京間の遠距離恋愛を成就させ、女を泣かせることはしなかった。

お色直しで妻が自分で縫い上げた赤いドレスを身に着けること以外、結婚式のほとんどを母が仕切った。仲人、会場、引き出物、親戚の招待客、席次、花嫁衣裳等々。当事者である私と妻が口を挟める事柄はほとんどなかった。私たちはただ言われるがまま過ごした。賢い妻はいろいろ思う事があったはずだが、黙ってすべてを受け入れてくれた。貯えがほとんどなかったので、新婚旅行は式を挙げた新潟市から、住まいのマンションがある西宮市まで、鉄路で3泊4日の旅だった。式の翌朝、新潟駅から出発。見送り不要と伝えておいたが、父はホームに来てくれた。母は姿を見せなかった。

最初の住まいは、阪急今津線と国道１７１号が跨線橋で交差する所に建つマンションの7階。眺望は良かったが、昼夜を問わず電車と自動車の騒音と振動が付いて回った。挙句に、風向きによっては伊丹空港を離発着する飛行機が真上を旋回。いやはや賑やか過ぎだった。夜は西宮球場のライトが眩しく、歓声も聞こえた。最寄り駅は映画『阪急電車』に出てくる「門戸厄神」で、マンションがチラッと映っている。

　余談だが、当時の阪急西宮北口駅は、神戸線と今津線が平面十字交差する珍しい構造となっていた。

　西宮は新潟に比べて気候が良く、快適に過ごせた。冬、雪を心配する必要はないし、布団を干すことができる。日差しは十分過ぎるくらいあった。ただ、まっ平らな新潟平野で育った私には、六甲の山々が背後に迫る地形は圧迫感があって馴染めなかった。

　結婚した年の7月、会社帰りに妻と梅田で落ち合って、祇園祭の宵山を見に行った。人の多さと暑さでまいったが、妻は嬉しそうだった。西宮からこんなに簡単に京都へ行けるのかと驚き、関西の私鉄のすごさを知った。

　2年後に長女を授かった。親となってようやく、大人としての分別も備わってきた

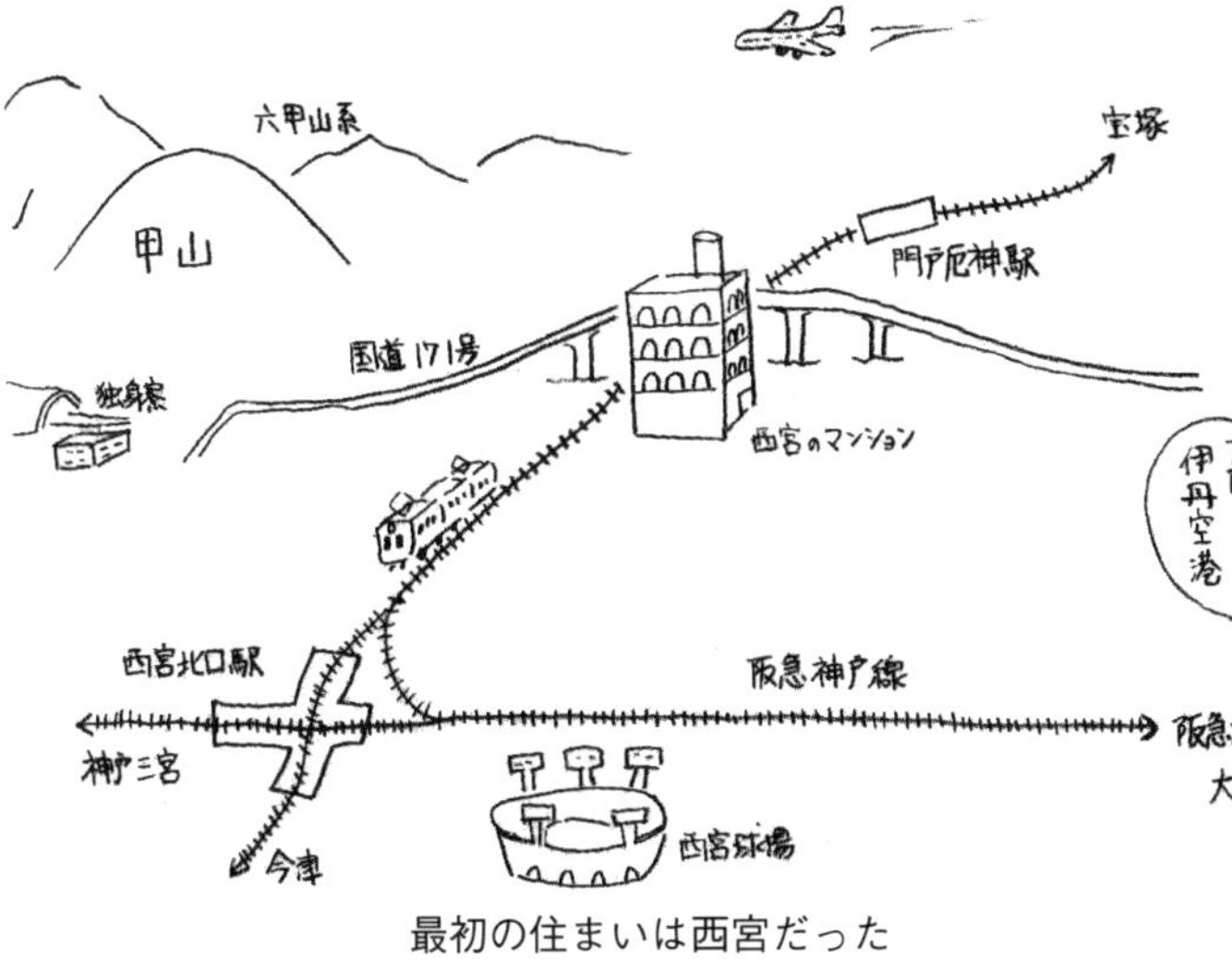

最初の住まいは西宮だった

ような気がしてきた。父母に敵対するのではなく、表面は穏やかなひとり息子を演じられるようになってきた。しかし、根底には母に対する忘れられないマイナス感情を持ったままだった。

妻には詳しいことを話した記憶はないが、当初から私と母が不仲であることは感じ取っていた。それは根が深いものなのか、それともどこの男の子も単純に母親をうるさがる程度のものなのか、わからなかったようだったが、ある時ポツンと言った。

「あなた、よくグレなかったね」

「あなた、よく不良にならなかったね」

いずれにしてもあの母に対して、マザコンのような甘い関係が存在しないことに安堵していたようだった。

こうした目に見えない緊張した関係がありながらも、5月の連休、お盆と正月には必ず家族そろって新潟に向かった。2日ないし3日過ごして、妻とやれやれと言いながら帰宅するのが常だったが、思慮深く分別のある妻は一度も嫌がることはなかった。

昭和58年4月、会社の都合で門戸厄神のマンションから引っ越すことになった。今度はすべて同じ会社の人たちが暮らす、いわゆる社宅だ。しかも私たちが一番若い世帯。どんな苦労やいじめが待ち受けているのかと戦々恐々の面持ちで移った。荷物を搬入する前に

1歳前の長女を抱えて新居に入った途端、玄関のドアが開き、隣家の女の子が「赤ちゃんいる?」と飛び込んできた。まだ転入の挨拶に回っていないので、どこの家の何という女の子かわからず驚いてしまったが、さすがに社宅。こちらの情報はつぶさに伝わっていたらしい。

そして、荷物を搬入し始めたら、昨夜までお座りだった長女が立って歩き始めた。妻と喜ぶやら、今日でなくとも、と思うやら。

結局、このマンションには4か月もいないで、その年の夏に転勤となってしまった。それでも良き隣人、先輩奥さん方に恵まれて、妻は子育ての基礎やノウハウを学び、悩みや不安を解消することができた。あの時の皆さんに感謝申し上げたい。

大阪から始まった転勤族の生活は山あり谷ありで、苦労は数知れないほどあったが、振り返れば面白かった。しかし、妻や娘たちにとっては、転勤＝引っ越しであり、その度に泣く思いをさせてしまった。心から申し訳ないと思っている。

妻には感謝しかない。子供の勉強や習い事、近所付き合い、心のケア。子育てと日常生活に関する一切を妻に委ねてしまった。妻は本当にたいへんな思いをしたはずで、よく我慢してくれた。私は朝から深夜まで仕事しか頭になかった。

私は大阪を振り出しに足利・本店（東京）・津・渋谷・出向・福島・札幌・出向といっ

た具合に転々と動くことになる。

《足利支店》

大阪支店で6年勤務した後、足利支店へ転勤となった。少し前から東京方面への転勤希望を出していた私は、足利支店と聞いてがっかりした。

「グリーンエッジにかろうじて乗ったのだから、良かったではないか」

ゴルフ好きの上司から、慰めともつかない言葉をもらった。出世のためには、グリーンど真ん中の本店か都内店舗に行くことが必須だった。

大阪支店の総務課が足利支店までの赴任切符を用意してくれるはずだったが、今までに大阪支店から足利支店に異動した職員がいなかったため、ルートがわからず、自分で手配しろと投げられた。私にしても足利市が何県かも知らず、東京駅からどうやって行ったらいいのか途方にくれた。

新大阪駅で上司らの見送りを受け東京駅へ。そして浅草駅から東武伊勢崎線の急行「両毛号」に乗って赴任した。「間もなく足利市駅」と車内アナウンスがあり、電車が停車した。何気なく窓の外を見ると『県（あがた）』という駅だった。そのホーム脇に牛舎があり、牛が数頭放牧されていた。幼児だった長女は喜んでいたが、こんな僻地に飛ばされてしまったのかと私は悲しくなった。

足利市での最初の夜にも愕然とした。ホテルで夕食を終えて、窓から街の様子を窺ったら、まだ7時というのにやけに暗い。少し前に雷とともに激しい夕立があったので、停電でもしているのかとホテルのフロントに尋ねたら、この街の商店は夜7時が閉店時間だと言った。昨日まで明るく賑やかな梅田・本町・難波を歩いていたのに、この差は何だ。やる瀬なくなってしまった。

足利の住まいは、渡良瀬川の南にあるマンションの7階。周囲に高い建物がなく、眺望は素晴らしかった。南には秩父山系越しに富士山、東には筑波山、西には赤城山。転じて北には白根山と男体山を見ることができた。

足利市近辺の両毛地区は、圧倒的な車社会。車がないと何もできないし、どこにも行けなかった。仕事、通勤、買い物、子供の習い事や医者通い等々。すべて車が前提にあった。ペーパードライバーだった私は、赴任後すぐに教習所へ通って運転できるようにした。そして40万円の中古車を購入した。妻も足利市で運転免許を取得した。

長女が2歳くらいの頃だったろうか、足利から新潟に行く途中で、会津の東山温泉に1泊したことがある。妻は心底から嬉しかったようで、笑顔が絶えなかった。新潟に行けば、私の目の届かないところで母の愚痴を聞かされ、小言を言われるのはいつものことだった。妻はたった1泊の短い時間であっても、そうしたことを忘れて、親子3人で温泉を楽しむことができるのを嬉しく感じたのだろう。妻は今でも時折、口にすることがある。

1年ほど過ぎて、次女が誕生した。母は孫娘ふたりを溺愛し、何でも買い与えてくれた。雛人形、振袖、季節の果物等々。こちらの思いを確かめることは一切なく、ただただ孫可愛さだけが先行していた。実の子には見せなかったような態度と表情にしばしば違和感を覚えることもあった。子と孫とではこれほどまでに接し方が違うのかと驚いた。孫のためとはいえ高額な出費をするので、母の懐具合を心配することもしばしばあった。

私たちが新潟の家に着くと、母はすぐに訊ねてくる。

「いつ帰る?」

母は頭の中で土産のことを考えている。物置にはすでに米や野菜、ジュースなどが箱で積んである。そして帰る当日、桃や洋梨などのケースが加わる。いつも車のトランクはいっぱいになる。すべて孫のためにだ。妻は殊勝に「ありがとうございます」と礼を言うが、私は心の中で「物を貰いに来ているわけではない」と毒づいていた。

自宅に戻る日、朝食を終えて支度を始めると、昼食をとってから行けと言う。仕方なくそれに従うと、次は少し休んでから行けと言う。口では夕方の渋滞にはまらないうちにと言いながら、引き延ばしにかかっていることがわかる。結局、いつも出発は3時過ぎ。だいたい5~6時間の遅れになる。当然、渋滞につかまり、途中で夕食をとったりするので夜の帰宅になってしまう。帰宅の電話をすると「遅い！　心配していたのに」と不機嫌な声を出す母。いつも妻と顔を見合わせて「アーア」と溜め息をつくしかなかった。

長女の七五三の時に、いつの間にかしつらえた女児の着物を持って母が足利へ意気揚々とやって来た。私と妻は母の好きなようにさせたが、長女の表情は困惑で曇っていた。そして後日、写真を送ると、それが母の嬉しさの表現方法だったのかもしれないが、文句ばかり並べた。

「もっと着付けが良ければ」「髪はもっとアップにすれば良かった」


足利支店の勤務では、人生で最大の失敗がある。忘れようとしても忘れ去ることはできない。悔しくてたまらない苦い事件だ。私にも人並みの出世欲はあり、いつかは中小規模の支店長になれるかも、とそんな夢を持っていたが、見事に吹き飛んでしまった。

当時、支店には支店長から課長までの管理職が逆らえないほどのカリスマ性を持ったSという役付き職員がいた。Sは金融に関する知識や経験を持ち合わせてはいるが、素行が悪い。ヨレヨレでうす汚いスーツ姿。毎日酒臭く、たばこを口から離さない。およそ金融機関に勤めている人間には見えない風貌をしていた。上司には媚を売り、同格以下には攻撃的。仕事は年下の職員に押し付けて、作業を監視するだけ。そして急かす。取引先との交渉は力ずく。横暴で理屈はない。土足で他家に踏み込むような、金融とはかけ離れた遺り口ばかり。ノルマを達成させるためには何でもあり。手段を選ばずという悪人だった。毎夜、だれかれとなく職員を飲みに連れ出して、酒の力で服従を誓わせる。深夜だろうが休日だろうが、おかまいなく仕事を押し付けてくる。ノルマが達成されれば上司は口出しできないことを盾に、長年に亘って蛮行を繰り返していた。残念ながら、逆らえない雰囲気が支店の中に充満し、若い職員は委縮した暗い顔で耐えていた。

大阪支店という大店から赴任してきてみると、足利支店は大阪支店時代の私ひとりの分の貸出残高でしかなかった。貸出残高がすべての評価基準であった時代なので、とにかく残高を純増させることだけが目標になる。私にしても自分の評価を上げるためには、この小さなマーケットの中で無理をしていくしかなかった。

ある日、どこで見つけたのか、Sが3億円の大型新規案件を喜色満面で持ち込んできた。その申請書を私に起案しろと迫った。直属の課長でもないSに命令されたのだ。担当地区どころか遠い他県の案件。しかも会ったこともない素性不明な人物の会社だった。私は丁重に断ったが、Sは許さなかった。結局、Sの強迫に屈してしまった。だれも私を助けてくれず、Sの横暴が通ってしまった。今さらだが、あの時断っておけばと強い後悔がある。

1か月ほどの間、私は通常業務を免除される代わりに、支店3階の別室に幽閉状態で作業を強いられた。そして不眠不休で申請書を作成し、本店決裁を取った。

この頃の店内で、私の申請書作成能力は群を抜いてトップだった。金融知識、財務分析力、担保評価、文才等々のテクニックを十分に習得済みだったからだ。起案した申請書の内容に瑕疵はなく、完璧に仕上げることができた。ただ不安だったのは、自分で当の会社を訪問していないし、担保物件の現地を見ていないことだった。すべてSが「それは俺がやる」「俺が見てきたからいい」で済ませてしまい、私の調査を遮った。これが致命的なミスとなったことは言うまでもない。金融の初歩、基本が欠落した案件は初めから「創作」に過ぎなかった。それを私はやってしまった。

貸出処理が終わって落ち着いた頃、Sが支店次長以下の営業職員全員を飲み会へ強引に誘った。女性職員も数名来た。言われるがままスナックに行くと、その会社の役員も数人来ていた。飲んで歌って騒いで、しばらく振りの慰労会と思ったら、Sが仕組んだ責任転嫁と共犯構築策にまんまと嵌められていた。要は、Sはこの案件に関して多額の出張旅費や貸出先から闇で謝礼を受け取っていた。後ろめたさを感じていたSはその金を飲食代に充てて、表面的にはさも慰労としながら、実は全員を巻き込んだ共犯関係をでっち上げていたのだ。これは巧妙に仕組んだ犯罪と言うしかない。

「おまえもあの店で、あの金で飲んだよな。歌ったよな」

脅迫めいた卑劣極まりない手法を使い、自分の責任を薄めようとしていたのだ。

この貸出案件の結果、支店の貸出残高は急伸して、年度間の優良評価を得た。支店全員の賞与がアップしたのは言うまでもない。支店長は大喜び。その後、Sはこの案件の立役者として栄転していった。

Sが去った後、私の不安は的中した。1年も経たずに当の会社は破綻。案件は延滞債権として計上され、主犯は起案者である私と認定された。最後は巨額の償却実施となり、支店評価はどん底に落ちて行った。私は本店融資部長から譴責処分を受けた。この情けなさと悔しさは筆舌に尽くし難い。一方、すでに支店を異動で去ってしまったSの責任は不問とされた。

金融機関は債権管理に厳しい対応を迫られていたので、昔のように償却は向う傷、勲章とはならず、その後の人事考課に大きく反映されることになり、支店長への夢は消えた。

あの時、勇気をもってSに対して申請書の作成を拒絶することができていたら。この案件さえなければ。「たら」「れば」が尽きない。自分の心の弱さをつくづく感じた。今ならパワハラ以外の何物でもないはずだ。Sを怨む気持ちは今でも消えていない。ずっと持ち続けている。今でも殴れるものなら殴り倒したいと思っている。

後にSは某支店の支店長となったが、横暴で野卑な振る舞いは変わらなかった。そして受忍限度を超えた次長と激しく衝突し、殴打事件に発展した。人事部は喧嘩両成敗としたが、結局は次長の引責辞職で終わった。Sを知るだれもが納得できなかったし、辞めた次長に同情した。

足利の染色屋のオヤジがこんな話をしてくれたのを思い出す。「高崎から伊勢崎・桐生・足利の両毛地区には新潟出身の人が多い。それは明治の頃、新潟県は日本で一番人口が多かった。しかし、農家を継げるのは惣領長男だけ。あぶれた二男や三男は東京で一旗揚げようと出てきたものの、もともと商才が乏しくて挫折するばかり。故郷（新潟）に帰るに帰れない人たちが、上越国境手前の両毛地区に留まって住みついたからだ」

当時、苦しい状況が続いていた私は、転職して逃げ出したかった。しかし、この話を聞いて、「自分は違う」「自分は挫折などしない」「途中下車はしない」と自らを鼓舞して切り抜けるしかなかった。娘ふたりの寝顔を見るのが唯一の楽しみであり、慰めだった。

長女の小学校入学直前に転勤引っ越しとなった。その後の彼女は、小学校を3校、中学校を2校経験した。次女は、幼稚園探しの時に転勤が当たってしまった。定員の空き具合を調べながら、費用や通園負担、制服など短時間で決めなくてはならないことが多く、選択には苦労した。義父の伝手でようやく都内の幼稚園を見つけたが、2年後にK市にマンションを買ったため、途中で転園せざるを得なかった。次女も小学校を2回転校している。それも入学した小学校から津市に転校し、さらに元の小学校に戻るという稀有な経験をしている。

転校生はイジメの対象になりやすい。ふたりともよく耐えてくれた。親に言わなかっただけかもしれないが、子供なりの苦難があったことは間違いない。よく克服してくれたと思っている。

《本店勤務》

大規模店舗の大阪支店、次は小規模店舗の足利支店。そして次はいよいよ本店勤務になった。社宅は千葉県G市の駅近くのマンション。通勤には便利だったが、やたらと住宅が密集していて、息が詰まるような所だった。人口の密集度が足利の数倍あって、長女が入学した小学校は1年生が7クラスもあった。

マンションの住人はすべて同じ会社。その中に同期がひとりいた。社宅に着くとすぐに彼が笑顔で近寄ってきた。そして矢継ぎ早に私たちのことをあれこれ聞いてくる。

「子供はふたりだって。男の子？　女の子？」

「奥さんとは社内結婚ではないんだって。どこで見つけたの？」

「奥さんは四大卒らしいね。どこの大学？」

どうやって仕入れたのか、かなり私たちのことを知っている。そして仕入れた新しい情報はすぐに拡散。プライベートなことに興味津々な彼を見て、鬱陶しい社宅に入ってしまったと夫婦で落ち込んだ。彼の頭には「○○は△△大卒、□年入社組で、同期には××がいる」という情報が完璧にインプットされていて、それを世渡りの道具としていた。

この頃、母は1週間に1回、必ず電話をかけてきて孫の声を聞かせろと迫った。それは私たち家族にとってかなり鬱陶しく感じられて、煩わしく、強迫的で自己中心的と思えた。妻はよく耐えてくれた。遠く離れている孫への愛情表現なのだと我慢してくれた。でも私は違った。私はできれば母との関係を遠のけておきたかった。5月の連休、お盆と正月くらいの関係で十分だと考えていた。

とうとう妻がこうした状況に耐え切れなくなって、心が折れてしまったことがある。私は即座に電話して、妻を守るために母を糾弾した。母は黙ってしまった。数日後、何も知らない父から電話があった。

「おまえ、母さんに何を言った！　ふさぎ込んでしまって身動きしない。どうにかしろ！」

父はこちらの気持ちを慮るどころか、ただ自分の窮状だけを訴えてきた。食事の支度をする母の手が止まり、父としてはわけのわからぬ事態となってしまったのだ。父の言い方は、自分に不便さがのしかからないようにしてくれ、という身勝手なものだった。

そんな雰囲気を感じ取ったのか、孫の娘たちは懐くことなく、成長するにつれて母を敬遠し、そしていつしか、帰省は私たち夫婦だけの任務になった。

30～40歳代の本店勤務の職員はエリート視され、支店職員からは憧れの的だった。私は意気揚々と本店に乗り込んだ。しかし、実際に中へ入ってみると、そこは伏魔殿。魑魅魍魎がうごめくカオスの世界だった。朝出勤して自席にじっとしているようでは話にならない。常に本店内のどこかで情報収集に励む。自分にとって「利」となることは素早くキャッチして自分の仕事に取り込んでしまう。逆に「不利」と思われることは潰しにかかる。そして上下左右に根回しと交渉。昼夜を問わずそんな日々を過ごした。

今まで金融機関は融資することが唯一無二の仕事だと思ってきたが、配属されたのは調達部門。相手は機関投資家。まるで違う世界に放り込まれた。そして扱う金額の桁が違った。「運用と調達」「与信と受信」といった金融機関の両輪業務を構造的に勉強することができた時期でもあった。

さらに、通産省などの役所からの質問に素早く回答できるように、あらゆるシミュレーションを行ってデータを整えておかなくてはならなかった。1点の不整合も計算ミスも許されない緊張感があった。

そして機関投資家への「接待」という面食らうような裏仕事が付いて回った。宴席の設営だけではない。有名ゴルフ場の予約、野球（東京ドームのネット裏）や相撲（テレビに映らない向正面砂被りと桝席）の観戦チケットや映画・芝居・美術展等の入場券手配。勿論、送迎ハイヤー付き、お土産付き。とてつもない額の接待費を湯水の如く使って、東京で行われるありとあらゆる催事のチケットを手に入れた。銀座1丁目から7丁目まで、宴席に利用できそうな料理店を頭に入れた。日本料理、フレンチ、イタリアン、中華料理、エスニック料理、バーにカラオケ。挙句には絵画の寄贈。さらには取引先内部の飲み会の費用を代払い（いわゆる付け回し）。とにかく何でもあり。予算を余らすことは「悪」だと言われ、必死で消化し続けた。この組織では職位ではなく、予算を握っている者が絶対王者であることを知った。私はしばらくの間、本店各部から一目置かれるその地位に君臨していた。予算執行とチケット購入、分配の権限は私の手中にあった。

帰宅は毎日のように午前様。新橋付近から自宅まで、深夜のタクシー代は経費で落ちた。こんな生活パターンだったので、私は娘たちが成長していく姿をほとんど見ていない。当然、覚えていない。朝、出勤したら深夜まで戻らないし、土曜・日曜は接待やプライベートのゴルフ。私の存在は、妻にとっては給料を間違いなく運んで来る伝書鳩、娘たちにとっては、「日曜日の夕方、たまに家でご飯を一緒にするおじさん」でしかなかったはずだ。稀に9時か10時に帰宅しようものなら、「どこか具合が悪いの?」と妻に言われる始末だった。

この頃から年末年始はこちらから新潟へ行くのではなく、父母に上京してもらうようにした。その方が、私の身体は楽だったし、旅費負担の面でも少なくて済んだ。

父母に楽しんでもらおうと歌舞伎や芝居の正月公演チケットをいろいろな伝手を使って入手したが、あまり喜ばれはしなかった。家で孫たちと一緒に過ごす方が良かったらしいが、私たちはなるべく外に出てもらうように仕向けた。

平成3年5月、義父が63歳で亡くなった。現役を退いて間もなくのことで、癌が見つかった時はすでに手遅れ。入院はしたが、半年もたず、あまりに早い死だった。これから老後を楽しもうとしていた矢先のことで、無念だったと思う。義父は娘婿の私を可愛がってくれた。時にはゴルフを共にし、またある時は酒を酌み交わした。社宅の近くのカラオケスナックに夜遅く呼び出されて、閉口したこともある。でも私は義父が好きだった。自分の父親にはない何かがあり、娘たちも懐いていた。葬式の時、私は人前で涙を流した。

世の中はバブル景気の末期。不動産価格はこの先も上昇していくのではないかという思惑が先行し、中堅サラリーマンは持ち家取得を急いだ。本店内では「○が◇市に家を買った」「△市に共同で土地を買わないか」などの話が毎日飛び交っていた。私もバスに乗り遅れてはならないと思い、背伸びをして千葉県K市に広さ100㎡、4LDKのマンションを買った。正に熱病に罹っていた。

《津支店》

平成6年春、管理職（支店次長）に登用された。出世スピードは大卒同期90人中の「中の上」といったところか。まあまあ満足していた。紆余曲折を経て、三重県の津支店に家族帯同で赴任した。当初は単身赴任のつもりだったが、支店長から、できるだけ家族帯同で来るようにと説得された。せっかく買ったマンションを離れる羽目になった。妻子には「2年間だけ」と確証のないまま約束した。

長女が小学校6年生になる春のことで、一番泣かれた。1年間しか通わない小学校で卒業することになり、卒業アルバムの思い出写真にはほとんど登場しない。悲しい思いをさせてしまった。

しかし、長女は津で生涯の友に出会った。それはトロンボーン。転入した小学校の金管バンドクラブに入って以来、いつもトロンボーンを傍に置いている。高校では専門の先生のレッスンを受け、大学はトロンボーンを専攻した。就職して一時離れたものの、どうしても続けたくて、音楽隊のある公務員に就いた。そして同僚のホルン奏者と結婚して今日に至っている。

津支店勤務の2年間は、距離を理由に、新潟へは1度も帰らなかった。代わりに一度だけ父母が来た。津から名古屋空港まで迎えに行き、伊勢神宮や奈良法隆寺へと案内した。津は地の果てとでも思っていたようで、父母とも喜んでいた。次女が無邪気に付き合ってくれたので、かなり場が持ち、助かった。長女は近寄ろうともしなくなっていた。

平成7年1月17日の未明、阪神・淡路大震災の揺れを私たち一家は津市のマンションで経験した。二段ベッドの上段で寝ていた長女が一番怖い思いをしたと思う。津支店は直接的な被害はなく済んだが、神戸支店は壊滅的被害に遭い、東京本店を始めとする各支店から救援の手が差し伸べられた。その後の数か月間、私は本来の支店業務以外の雑事に振り回された。

新幹線やJR在来線がストップしている中で、被災地に入るには名古屋から近鉄を使って大阪に行き、フェリーなどの海路が有効と知らされた。本来ならば名古屋支店が担当すべきことを、支店長が調子よく引き受けてしまった。津支店はぞくぞくと来る視察救援団のために、近鉄の切符手配を請け負わされた。本店役員・重役から各部の部長・次長に至るまで、一体何回、何人来れば気が済むのかと思うほど来た。挙句にそれぞれへの手土産（ほとんどが松阪の牛肉）まで手配させられた。役員クラスは100グラム3千円以上、部長クラスは2千円程度、それ以外は1千円程度。おかげで牛肉の値段感覚が身に付いてしまった。そして「社内外交」という言葉を初めて知った。業績貢献だけではなく、こういうことに配慮し、名を売らないと出世は望めないのかとつくづく思い知らされた。

震災の後、3月に地下鉄サリン事件が起きた。もし東京にいたら、間違いなく大手町か霞が関の駅で遭遇していたと思う。

金融機関に勤めていると、絶えず何某かの調査や業務検査を受けることになる。内部検査はもちろんのこと、外部からは国税局、警察、大蔵省（財務省）、金融庁、日本銀行、県庁等々がやって来る。こちらの都合などまったく関係なく、抜き打ち無制限でやって来る。

中でも国税局は酷かった。彼らはこちらを虫けら以下と思っている。言動は荒いし、態度は横柄極まりない。会議室を占領し、コピー機を独占して使い放題。ありとあらゆる書類と伝票をコピーしていく。少しでも苦情めいた事を口にしようものなら、倍返し、三倍返しの仕打ちを受けた。まるで日頃の憂さ晴らしに来ているとしか思えなかった。とにかく、権力を笠に着た木っ端役人は扱いが面倒だった。

支店の自動扉が開いて国税局が入ってくると、瞬間的に「アッ、来た！」とわかる。一斉に職員が振り向き、視線を私に注いでくる。一応、彼らは入店時に身分証を掲げてくるが、すぐに引っ込めてしまう。チラ見だけでは部署も肩書も名前も覚えられない。こちらとしては本店に報告書を提出しなければならず、正確に知る必要がある。もう一度見せてくださいなどと言おうものなら、それだけで逆鱗に触れることになる。いやはや本当に扱いにくい連中なのだ。

通常業務をこなしながら、こうした事への対応を一身で受けなくてはならない立場に私は長くいた。顧客の秘密を保持すると同時に、国税局の仕打ちから支店と職員を守る。多くの場合、支店長はすぐに外出して逃げてしまう。応対は私ひとりでやるしかない。並みの精神状態ではできなかった。本店に助けを求めても無駄。「うまくやれ」という指示しかなかった。結局、すべて現場対応。責任は支店。そして国税局はすぐに怒鳴り始める。

「脱税の片棒を担ぐ気か。おまえも同罪だぞ」

「店のシャッターを3時前に閉めさせるぞ」

「やれるものならやってみろ」と内心で思いながら、無抵抗の抵抗をし、私は幼い頃に身に付けた特技で切り抜けていた。冷静に対応する私の姿に、部下たちは凄みを感じ取っていたようだ。

彼らは怒鳴る一方で、傍から別の者が猫なで声で懐柔してくる。いつも硬軟両刀使いのワンパターン芝居が展開され、付き合わなくてはならなかった。

「まあまあ、お互いに仕事だからさ、協力してよ。協力してくれれば早く終わるから」

この台詞は嘘だ。いくら協力しても3日、4日と居座って納得するまで帰らない。

実のところ、後始末の方がもっとも大変な作業だった。国税局に指示されるまま、書庫から大量の伝票や帳票の束を急いで取り出してみたものの、終わればそれらを正確に格納しなおさなければならない。格納する箱やその置き場所を間違えたら、取り返しがつかなくなる。「あるはず」の伝票や帳票が「ない」というのは、支店管理として落第どころか進退問題になる。見当たらないでは済まない。冷房も暖房もなく、しかも換気が悪くて狭い書庫の中で元の状態に戻す作業は、ほぼ私の仕事となった。責任感の薄い職員には危なくて任せられない。汗と埃まみれになりながら、生産性のない作業を続けた。

さらに異常な業務が続いた。高金利債券の償還が集中したため、多額の現金を準備しなければならなかった。津市には日本銀行がなく、現金調達は地元銀行に依頼するしかない。嫌がる地元銀行を説得して、用意した現金が7億円。警察に事前連絡したら、搬送時にパトカーが先導してくれた。街角には制服警官が警戒に立ってくれていた。7億円の札束はとてもひとりやふたりで持てるような代物ではなく、重くて厄介な塊に過ぎなかった。第一、支店の現金保管庫に入りきらず、金庫室の床に投げ置いておくしかなかった。7億円は、私が目にした現金の最高額だ。3日間でその札束は償還金としてすべて消えていった。

住まいから支店まで徒歩5分。500mの職住接近だった。窓から首を出せば支店の看板が見えた。津市のど真ん中で一見便利が良さそうだったが、マイナス面の方が多かった。通勤定期を持たない不安。どこへ行くにも徒歩か自転車。デパートも駅もすべてが近くにある小さな生活環境。閉塞感が妻の心を蝕み始めたことに、多忙だった私は気が付かなかった。妻は少し鬱になりかけていた。妻の心が病む前に、津支店から都内の渋谷支店に異動となり、救われた。

《渋谷支店》

想定どおり2年で異動。のんびりした地方から東京のど真ん中の胃がキリキリするような渋谷支店に移った。そして我が家は千葉県K市のマンションに戻ることができた。

渋谷支店は新宿支店・池袋支店と並んで悪名高い「盛り場3店舗」と言われており、とにかく毎日事件が続いた。現金が合わない。伝票が見当たらない。クレームの発生。訳のわからぬ外国人の来店。スプリンクラーが誤作動。ATMが壊される。職員の物品横領。ついには職員が失踪してしまう事件まで発生した。とにかく枚挙に暇がない。一番厄介なのは、女性職員の内輪もめ。退職届を持って泣きじゃくる女性職員を慰留するのも仕事の内だった。

支店の手持ち現金が枯渇しかけることがときどきあった。正式には本店に行って調達しなくてはいけないのだが、そんな悠長にしていられない。そこで新宿支店に現金を借りに行くのだが、普通の鞄に数千万円を入れて、平気で山手線に乗って運んで来る経験はスリルがあった。

支店の開設が新しいため、職員は都区内の近隣から引き抜かれてきた寄せ集めで、伝統も結束力も実力もない、質の悪い支店だった。事故防止のための基本動作は完全に無視されている。客から受け取った札束をカウンターの下で蹴飛ばしている様子が、防犯カメラに残っていた。当然、検査では指摘・注意事項が数多く、支店評価は最低だった。

世の中はY證券やT銀行が倒産。渋谷支店では職員の失踪事件や不祥事が続き、支店の外も内も暴風雨状態だった。休日出勤手当や時間外残業手当が付かない管理職は、半年以上の間、後始末のため土曜・日曜・祝日に関係なく出勤を強いられた。平日は毎晩9時過ぎまで残業。過労どころの話ではない。労基法とはどこの国のだれを守る法律かと思った。よく身体がもったものだと感心する。

通勤時間が片道1時間半ほどだったので、午後10時を過ぎるとその日のうちに帰宅できないおそれがあった。ときどき、1日に2回帰宅することがあったりした。くたくたになって、地下鉄では朝も夜も寝ていた。帰りにうっかり寝過ごして茨城県まで行ってしまうと電車では戻れなくなり、深夜タクシーの餌食になってしまうことが何度かあった。

自分の身体と精神を労うことが精一杯で、父母どころか、家族のことに気を回す余裕のない日々が続いた。

《出向》

平成11年、現業から一旦離れて、都内の経済団体への出向を命じられた。馬車馬のように働き、常に緊張を強いられて過ごしてきた後だったので、精神的にも肉体的にもクールダウンができて助かった。

しかし、弛緩ばかりしていられなかった。何もしなくても、だれからも何も言われないが、それは針の筵で昼寝をしているような感覚で、とても耐えられるものではなかった。私に注がれる視線が気になって仕方がなかった。

しばらくして、国の施策として発議された司法制度改革審議会に専従するよう指示された。具体的には、団体から選出された審議会委員の鞄持ち。その方面はまったくド素人の委員はメモなしでは喋れないので、発言メモや意見書を作成するのが私の役目だ。委員は自分で考える事を一切しない人で、下々の仕事としてすべて丸投げしてくる。だから私の考えが委員の口から出ているといっても過言ではなかった。一面ではやりやすいタイプの人だった。

私には周りに相談する人がいないので、すべてひとりで調べなくてはならない。法曹（裁判官・検事・弁護士）や官僚と対等に渡り合うには、周到な準備が必要となり、猛勉強の日々となった。短期間で知識を習得し、そして深い考察と確固たる結論＝意見を作り出すのは生半可なことではできなかった。おそらく私の人生でこれほど頭脳を使ったのは、この時期以外にない。予備校生時代の受験勉強どころではなかった。でも仕事はきつかったが、それ以上に頭を使う楽しさがあった。充実感もあった。

専門誌に私の意見が記事として掲載され、新聞にも取り上げられるようになった。そうした仕事の成果が出始めると、上司も周りも近寄ってくる。それまでは遠目で眺めるばかりでいたのが、手のひら返し。団体の中で私は一躍著名人となっていた。内心、苦笑を禁じ得なかった。

私は毎日のように、会議や根回しで霞が関や丸の内、永田町界隈を縦横無尽に走り回った。首相官邸・最高裁判所・法務省・検察庁・通産省・特許庁・公正取引委員会・日弁連等々。アポなし、名刺1枚で遠慮することなく入り込み、官僚たちと忌憚なく意見交換をして回った。

一番貴重な経験は、定期的に首相官邸で開かれる会議に参加できたことだ。小渕首相が目の前にいた。

《福島支店と札幌支店》

出向は2年で年季明けとなり、また現業に復帰した。娘ふたりは中学生・高校生になって、成長を遂げていた。相変わらず妻が家庭内のすべてを支えてくれた。そして相変わらず私には、自分の家庭や父母のことを顧みる余裕はまったくなかった。父母の方も、私の勤務地については関心が薄くなっていたようだ。福島にも札幌にも、遊びに行ってみたいとは言わなかった。

福島と札幌は、単身赴任となった。どんなに上等な管理職用の社宅であろうと、帰宅すればひとり。ひとりには慣れていたはずだが、さすがに辛くて我慢が必要な時期だった。単身慣れした人は、ハイキングや美術館巡りなどの趣味を持って自分の時間を楽しんでいたが、私にはできなかった。

福島支店はのんびりとした雰囲気で、職員は粒ぞろい。事務ミスは少なくて安定していた。ただ、女性職員がベテラン過ぎるということが少々問題であった。大半が管理職よりも年上なので、時には管理職を舐めたような態度をみせる女性職員が見受けられた。私は厳しく対処し、マンネリと緩みを次々に排除していった。

この頃だったと思うが、妻の提案で、父の喜寿の祝いとして父母を海辺にある温泉に誘ったことがある。単身赴任中のスケジュール調整は難しかったが、何とか実現させた。温泉で見る父の姿は、想像以上に老いが進んでいて正視できなかった。記憶にある父の姿は、もっと筋肉が張って、シャキッとしていた。記憶と現実の落差が大きかった。大浴場に行く以外、父は部屋から出ようとせず、きれいな波打ち際の散歩にも出て来なかった。

2年経過して東京に戻れるかと思ったら、反対方向、しかも海を渡って北海道札幌支店に行くよう命じられた。父母の衰えを感じていたので、海を渡ることには不安だった。陸続きならば、何か異変があっても鉄道か自動車で駆けつけることは可能だが、海を越すとなるとそうはいかない。飛行機は限られている。間に合わないと思っていた方がいいと覚悟した。

後で聞けば、人事部は私の経験と手腕で支店業務の立て直しを図ったのだという。振り返れば支店次長職は津・渋谷・福島に次いで4つ目。次長で4店舗は稀有な存在だった。そして、どこまで私を使い潰す気かと人事部を怨んだ。

私の前任者は支店評価にまったく無頓着で働かず、席で居眠りか読書しかしていなかった。そのため職員に覇気がなく、業務環境は停滞と弛緩。そして一部職員の身勝手な行動が目立ち始めたので、その是正が私の任務とされた。店内の一切を掌握し、統括するために、気を抜かず強面で勤め続けるのはかなり疲れる。唯一、心を許せるのは、同期入社の支店長のみ。彼は私を全面的に信頼し、店内改革を後押ししてくれた。夜な夜な彼とすき野で飲む時は、いつも割り勘。公私の別は厳格だったが気持ち良いものでもあった。彼の下手なゴルフに付き合いながらの話は、いつも支店内の生臭い事柄ばかりだったが、遠慮のない意見交換ができた。公私ともに筋の通った振る舞いは非の打ちどころがなく、同期内でピカイチの存在だった。

札幌の冬は、新潟育ちの私にとっても厳しかった。夜、冷え切ったマンションに戻って布団に潜り込むが寒くて眠れない。部屋は冷え切ってしまうと、なかなか温まらなかった。

時には寒くて風呂に入る気にもならず、背広やYシャツ姿のまま布団に潜り込んだこともある。布団から出ている顔が寒さで強張り、夜半に目が覚めることもしばしばあった。冬場は不在時でも暖房を付けっぱなしにしておくのが常識だと、後で教わった。

1度目の冬には、妻と娘ふたりが「雪まつり」を見に来た。札幌の夜の寒さはさすがに堪えたらしく、1回見れば良いと言って帰っていった。夏には長女が友人と北海道観光に来た。私のマンションを拠点に、あちこち遊び回っていた。私の部屋は若い娘の民宿と化していた。

2度目の冬は、次女の大学受験時期に当たった。次女だけでなく、妻のケアのためにも週末は空路帰宅が必要となっていた。羽田と新千歳を何度往復したことか。しかし、さすがにドル箱路線で複数の航空会社が20〜30分間隔で飛ばしている。そしていろいろな割引制度があるので助かった。ついには道民割引資格を得た。父親として、夫としてできることといえば、チョコレートとシュークリームを土産にして、彼女たちの顔を見に帰ることくらいしかなかった。

支店管理職の仕事は、責任と激務が幾重にも折重なっていた。札幌支店時代はバブル崩壊後に訪れたマネーロンダリング問題が浮上した時期に当たる。連日のように、普通の来店客とは明らかに異なる雰囲気を漂わせた一見客が、無記名債券の償還金を受け取りに来店した。それも尋常な金額ではなかった。そして国税局の臨店調査との板挟み。緊張の連続で気の休まる暇はない。対内的には、職員不祥事の防止と行動管理の厳格化。それでも毎日のように事件が発生し、解決を迫られていた。本店は支店管理職を擦り減るまで酷使した。

休暇中のある日、現金事故の知らせが私に飛び込んできた。たまたまその日は、道東の温泉で妻と過ごす予定で、札幌を離れていた。金額の多寡にかかわらず、現金の過不足は金融機関にとっては重大事故になる。即、管理職の責任問題となる。知らせは16万円の不足。不在時にあり得ないことが起こってしまっていた。腹を括って内密に処理することにした。責任は私が負うとしか言いようがない。温泉宿に着いてからは事後処理で寛ぐどころではない。翌朝、妻にはひとりで空港に向かってもらい、私は支店に急行した。幸いにも不足金を取り戻すことができ、事件は隠密裏に終結した。

架空名義に関する不思議な事件にも遭遇した。青森支店から、国税調査を受けた顧客が札幌支店で架空名義口座を開設していたと白状したので確認してほしい、という連絡があった。調べると確かにその口座は存在し、かなりの残高があったが、すでに解約されていた。解約理由は、名義人死亡による相続。架空名義とされた名前の人物が実在していたことになる。支店には後日の紛争回避のため、相続書類は永久保管となっている。保管箱を開封して戸籍謄本等を再点検してみるが、間違いはない。しかし、青森からは、架空名義とはいえ開設して金を預けたのは自分で間違いないのだから金を返せ、と弁護士を通じて執拗に迫ってくる。請求は熾烈を極めた。実在した口座名義人と青森の顧客との接点を探るが、どうしてもわからなかった。残念なことに解決を見ないまま、私は離任してしまった。

札幌で2度冬を越した平成16年3月、ようやく札幌支店勤務を解かれた。マンションの荷物をトラックに積み込み、最終確認をしてほしいと引っ越し業者に言われ、何気なく革靴で路上に出た時、ものの見事に転倒してしまった。路上はまだ雪が残り、凍っていた。「ブチッ」と音がして右足首に激痛が走った。

その場は照れ笑いで済ませたが、脂汗が流れるほどの痛さが襲ってきた。いくつかの諸手続きを終えて札幌駅からエアポートライナーに乗り込んだ頃には、右足首はパンパンに腫れ上がっていた。札幌で医者に行くことも考えたが、とにかく東京へ、自宅へ帰ることを優先した。右足を引きずりながら新千歳空港を飛び立った。札幌勤務を思い起こして余韻に浸るどころではなく、「ただの捻挫と打ち身だ」とひたすら自己暗示をかけ、泣きそうなほどの激痛に耐えた。

羽田空港に到着して、飛行機からターミナルまでが一苦労。駐機場からターミナルまで乗客はバス。結局、妻とCAの手を借りてタラップを降り、特別にマイクロバスでターミナルまで送ってもらった。

何とか自宅に辿り着き、すぐに医者に行った。

「捻挫ですね。湿布を出しておきます。松葉杖が必要ならレンタルの手続きをしてください」

レントゲン写真を診た医師はあっさりと言った。しかし、その後数日経っても痛みは消えないし、内出血で右足首から先は腐ったバナナのような色になってきた。それでも歯を食いしばって新しい勤務先に通った。が、ついにどうにも我慢ができず別の外科医に診てもらった。

「腓骨が折れています。見事に。これは痛かったでしょう。でもすでに骨は繋がっています」

X線写真にZ字のような亀裂がはっきりと見えた。ギプスの世話にはならなかったが、その後数か月間はリハビリに通うことになった。

《出向　待機》

札幌支店の勤務が金融機関における現役の最後となり、東京に戻ってきた。そして規定によって管理職経験者は55歳には退職が待っている。適当な出向先を見つけて転籍を果たし相応の収入を得るか、それとも収入の大幅減少とポジションの格下げを甘受して金融機関に居残るか、選択しなくてはならなかった。私は前者を選んで、傍系の団体で待機しながら人事部が斡旋してくれる出向転籍先の出現を待つことにした。出向転籍先には運不運がある。うまくいけば役員に登用されるかもしれない。逆に経営不振で倒産の憂き目に遭うかもしれない。出向はしてみたがどうにも相性が合わずに出戻ることもよくあることだった。

出向転籍先の希望を伝えるため、人事部とは何度も面談が行われた。今振り返ってみると、自分の気持ちを一番説明できない言行不一致の時期となった。

まず、出向転籍先の場所をどこにするかが最大の悩みだった。出身が新潟なので、人事部は縁故地として新潟を想定してくる。私の異動歴は大阪から始まって以来、一度も新潟にかすっていない。この年齢になってようやく故郷の新潟で仕事をするのか。同居するかしないかは別として父母のそばで暮らすことになるのか。グズグズとした気持ちのまま希望地を「新潟」と書いて、人事部に提出してしまった。また母と何某かの衝突は避けられないことがわかっていながら、諦めと帰巣本能が出現したのかもしれない。高校を卒業して新潟を離れ、戻る気などさらさらないはずなのに、「新潟」と書いてしまった。もちろん、妻と相談したが、反対はしなかった。妻の重い言葉があった。

「私は新潟では暮らせない。特に冬は耐えられない」

「あなたひとりで行って。娘たちの拠点はここだから、私はここで一緒に暮らすわ」

妻は東京生まれの東京育ち。あの冬を、そしてあの姑との関係を、今さら耐えてくれとは言えなかった。娘たちの将来を新潟に閉じ込めるわけにもいかない。妻の考えは妥当だと思った。

大きな分岐点だった。親の長年の夢を叶えるために私の家庭を犠牲にするか、それとも家庭も父母との関係も以前と変わらない現状維持とするか。仮に新潟に私が行くとなれば、おそらく父母が亡くなるまで私は単身生活を続けなければならない。父母は息子がようやく近くに来てくれたことを喜ぶだろうが、私の家庭は分裂することになる。思いと行動が乖離していた。

内心ビクビクしながら待つこと2年、人事部の回答は幸か不幸か「新潟に適当な出向転籍先が見当たらないので諦めてほしい。不況下で企業体力が脆弱なため、求人がない。このまま待っていても時間の無駄だと思う。出向希望先を自宅K市から通勤可能な東京・千葉に変更したほうがいい。その方がまだ可能性は高い」だった。この方針に従うことが大義名分となり、安堵する自分が見えた。

しかし、方針が決まったものの、なかなか行先が見つからない。宙ぶらりんのままさらに3年が経過した平成19年3月、ようやく人事部から出向転籍先が提示された。それは役員マターの先で、何と白羽の矢が私に当たった。それは組織と役員の面子に拘る出向なので、安易に出戻ることは許されないと告知された。

《第二の職場　出向転籍》

平成19年4月から第二の職場に出向。1年後の平成20年9月に金融機関を正式に退職し、転籍を果たした。

足掛け11年間勤めた第二の職場は、旧都市銀行が組成した会社で、経済産業省の許可事業として法に基づく保証業務を行っていた。私以外の職員は、バブル崩壊後、倒産に等しい状態で吸収合併された都市銀行の哀れな残党諸氏で構成されており、精神的に斜に構えている人ばかりだった。取引先と共助とか共存共栄という発想はなく、極めて利己的で傲慢なやり口は最後まで受け入れられなかった。それと議論ばかりで先に進もうとしない小心さとリスク回避の狡猾さは、目を覆いたくなった。パワハラも何度か受けた。酔っているとは言え、暴言暴行は目に余るものがあったが、耐えた。心を病んでいるとしか思えない人間の中で、自分の最後の能力を振り絞った。同じ金融村出身の人間が集まっているとはいえ、まるで文化が異なり、異分子であった私は、静かに与えられた職務を丁寧かつ誠実に遂行するしかなかった。

唯一の楽しみは出張だった。オフィス内に充満する緊張感から逃れられるからだ。取引先が日本中に散らばっていたので、北は札幌、南は奄美・沖縄と広範囲に亘って出張した。短期出張ばかりなので、熊本日帰りとか九州から戻って翌日に東北方面といったハードさは仕方がなかった。それでもプライベートではなかなか行けない地方都市を訪れることができて、楽しかった。飛行機・新幹線・ローカル線を駆使して自分で企画する出張は、通常業務とは違って面白かった。

平成25年夏、私の還暦記念として、家族4人でハワイ旅行を決行した。娘ふたりはショッピングとマリンレジャーを満喫し、私は気乗りしない妻を連れて真珠湾の戦艦ミズーリ号を見学してきた。最後は4人でアウラニに行った。以前からの夢を叶えることができて、4人は大満足で帰国。その後に待ち受けていた展開を思うと、絶妙なタイミングだった。もし、この機を逃していたら、ハワイ旅行の実現は間違いなく不可能だった。

9月に入って帰省した時の母は、相変わらず元気だった。いつものように見かけ上は楽しそうなひと時を過ごし、とりあえずは安心して帰宅した。それからほんの2か月後、父から電話があった。母の具合が悪くて入院することになったので、来てほしいと言ってきた。

「肺に影がある」「黄疸が出ている」「精密検査が必要」今まで我が家で聞いたことがない言葉が飛び交った後、母に癌が宣告された。

いずれ父や母の不調とか死は訪れるものという覚悟はできていたが、気持ちの整理というか、鎮め処がわからず、右往左往するばかりだった。

私の気持ちが不安定になったことには伏線がある。数年前から新潟に帰るたびに、母がよく口にするようになっていた。

「Aさんに世話になっているから、挨拶に行ってくれ」

「Bさんに面倒をかけたから、手土産を持ってきてくれ」

私には、なぜそうしなくてはならないのか理由がわからなかった。私が知らないところで親が世話になっていることは多々あるだろうが、世話になる前に私に知らせてくるのが本筋ではないか。なぜ子に知らせようともせず、相談もせず、勝手に広げてしまって後始末をこちらにさせるのか。そのやり方はいささか理解に苦しみ、不機嫌にならざるを得なかった。AさんやBさんは私のことを、「たまに帰ってくる親元を離れた役に立たないバカ息子」とでも思っているのではないか。そう思われているとしたら、腹が立って仕方がなかった。

そしてわずか3年後、何も言わないまま、母も父もこの世を去った。私はふたりの臨終の場で何も声をかけていない。そして臨終の場でも、葬儀の場でも、まったく涙を流さなかった。周囲からは冷たい人間に見えたかもしれない。あるいは、悲しさと疲労で泣くことを通り越した哀れな喪主と映ったかもしれない。しかし、どちらも違う。父母は私をどのように見ていたのか。憎んでいたのか。それとも諦めていたのか。そのことばかり考えていた。つまり「死」の悲しみよりもふたりの思いを探ることに必死で、それ以外の感情が湧いてこなかっただけだ。今、親に対する情の欠片もない振る舞いをしてしまったことを詫びるべきなのかどうか、考え続けている。

実のところ、父の衰えが顕著だったので、おそらく父が先に死ぬのだろうなと内心思っていた。父は肺が弱く、この数年間に何度か入院していたが、母は病気知らず。病院とは無縁で過ごしてきた。その母が病気で倒れるとは、まったくの想定外だった。精密検査の結果、母に肺癌と膵臓癌が見つかり、どちらをどうやって治療していくかについて主治医と何度も相談をした。

私は東京で就職し、結婚し、郷里とは無縁の地に家を買った。しかし、どれも父母に話さないで勝手に決めたわけではない。必ず事前の了解を得てから着手した。私のやり方は間違っていないはずだ。予備校生と大学生の5年間は学費と生活費を世話になったが、就職した後、父母から子供や家のことで資金援助を受けたことはなく、金銭面での負い目はない。大学生の頃に受けていた奨学金は、自分の給料から全額返済した。すべて自分の稼ぎから出している。

結婚した頃、母は確かこう言った。父は相変わらず黙っていた。

「おまえたちはどこでどう暮らしていこうが好きにしていい。私たちはおまえたちに面倒をかけないように、ここで静かに暮らしていく」

そうでありながら、母から新潟に戻ってきて助けてほしいと懇願された。頼るのはこの私しかいないことは重々わかる。子が老いた親の面倒をみるのは当たり前のことだ。母よりも、父よりも長く生きるはずの子である私が犠牲になって、献身的に世話をすればいいだけのことだ。健常者が病人や高齢者を守るのと同じだ。まして、子供は私ひとりしかいないのだから当然のことだ。子は親から逃げられない。

しかし、しかしだ。母の場合、あれだけ大見得を切っていたことを突然翻して、自分が衰えたからといって、急に面倒をみてくれというのは、都合よく身勝手な言い草に聞こえた。今まで自由にさせておいて、いきなり自分の都合だけで、私や妻を籠の中に閉じ込めようとする。その発想がいやらしく思えた。

だが、母の言い分は正しい。ひとり息子として果たすべき義務だということもわかる。それが親子愛であり、子が親になすべきことで、献身的で美しい物語となることはわかる。でも、そう簡単に応諾できるわけがない。私にも家庭はある。仕事もある。それらをすべて放り出して、おそらく先行き短い年老いた親の面倒を無条件で死ぬまで見ろと言うのか。今の収入、今の生活をすべて捨てて新潟に戻って来いと言うのか。あまりに身勝手な母の言い方に私は怒りを覚えた。同時に、もし私の築いてきたものすべてを捨てた場合、果たして釣り合うことなのかどうか。私の気持ちは激しく揺れ、計算をし始めた。

今さら近くに来て助けてくれ、面倒をみてくれと言われて、私は一体どうしたらいいのか。いつまで続くのかわからないこの状態に対する不安と混乱は、一挙に押し寄せて来て、心の整理ができない日々が続いた。切なそうな声で何度も執拗に頼ってくる母に対し、大声で「勝手なことを言うな」「こちらにも都合がある」と怒鳴ってしまった。母を責め、声で押し倒した。

私は不安と懊悩と怒りの迷路にはまり、出口がわからないまま過ごしているうちに母が亡くなり、父も亡くなってしまった。

平成30年の暮れに第二の職場を退職し、サラリーマン生活にピリオドを打った。仕事で思い残すことはまったくない。悔いなど微塵もない。達成感に満ちて自分のサラリーマン人生のゴールテープを切れたと思っている。

《東日本大震災》

平成23年3月11日、金曜日。多くの人が異常な体験をしたと思う。

私は休暇を取って新潟に行き、母の主治医から病状説明を受ける予定だった。ところが急に主治医の都合が悪くなって面談は中止。私はそのまま休暇とし、久しぶりに家でひとり寛ぐつもりでいた。普段どおり妻は八重洲、長女は麹町、次女は中野、それぞれ勤めに出て行った。

午後2時46分、東日本大震災が襲来。激しい縦揺れと横揺れ。いつもの地震なら数秒でおさまるが、いつまでも揺れが続く。物が落ちる音、割れる音、きしむ音が聞こえてくる。テレビが揺れている。立っていられない。テーブルの下に潜り込んで待つしかない。マンション5階の室内は、足の踏み場もないくらいの惨状に陥った。ピアノが動き、本棚は崩れ、テレビは倒れ、冷蔵庫の扉は開き、食器棚の中はぐちゃぐちゃ。一瞬にして室内は言葉では表現できない状態となってしまった。

幸い停電せず、水道も大丈夫。ガスは自動的に供給ストップとなった。テレビをつけると、地震の後に襲いかかって来た津波の映像。1週間前に出張で降り立った仙台空港が、津波の襲来を受けている。まるで映画のようだった。テレビの映像が現実に今起きている惨事だと認識するのに、しばらく時間が必要だった。テレビで解説している学者は「1000年に1度」と言われる自然現象を自分の目で観察できることに興奮し、声を張り上げていた。

妻と娘ふたりは、職場で夜を明かした。短い連絡ができた中で、無理して帰宅せず、今の場所で安全を確保するように伝えた。幸運なことに3人ともしっかりした職場だったので、食料や水、寝床やトイレといった心配をしなくて済んだ。

私は一晩中、テレビを見続けた。夜半になって新潟県と長野県の境辺りでも大きな地震が発生し、いよいよ日本列島がバラバラになるのではないかと恐ろしいことを想像した。余震が続く中、室内で安全に休める場所を確保し、夜明けを待った。鉄道は無ダイヤ。やっと動いた超満員の電車で妻と娘ふたりが帰宅できたのは、翌日の夕方近くだった。

さらに原発事故。目に見えない放射線が得体の知れない恐ろしさをもたらし、生きた心地はしなかった。経験したことのない混乱した生活がしばらく続いた。

大震災発生の翌週、計画停電の影響で、電車の運行は極めて不安定になった。そんな中でも何とか出勤を続けていたが、帰路のことだ。地下鉄大手町駅の改札口で次女と待ち合わせて帰ることにした。しばらく待っていると構内放送があり、計画停電の影響で次の下り電車が本日の最終になるという。まだ3時過ぎのことだ。放送直後、多くの人々が改札口に押し寄せてきた。瞬く間に駅構内は人で埋め尽くされた。その時の人の圧力、人の流れ、人の塊の恐怖は忘れられない。ド〜ッという音が耳に残っている。

大震災の発生から1か月も経たない4月上旬、私は取引先のお見舞いのために社長と気仙沼・大船渡、そして南相馬を訪れた。この目で津波と放射能の大惨事を見てきた。その光景は筆舌に尽くし難いもので、恐怖が身体を包み、足が竦んで動けなくなった。お見舞いどころか、すぐにでも逃げて帰りたいと思った。

お見舞いから戻ると、原子力行政に携わっていた経産省ＯＢの社長は、自分の経歴書の中のその記載を削除するように指示してきた。何と小心で責任感のない木っ端役人かと軽蔑した。

その後も毎月のように、取引先支援のため気仙沼に通った。徐々に瓦礫や泥は撤去されていったが、人々の表情は暗いままだった。何回目かの訪問で、一関駅から大船渡線の列車に乗った。２両編成の列車は、やけに混雑していた。異様な雰囲気を感じて車内を見渡すと、私以外の乗客はすべて喪服だった。

新潟地震、十勝沖地震、阪神・淡路大震災、そして東日本大震災。私は70年弱の人生の中で４つも大きな地震を経験した。地震とよほど縁のある人生なのかもしれないが、余生でこれ以上関わることは遠慮したい。

《退職後　無職》

平成31年から無職になった。当初は、いろいろな書類の職業欄に「無職」と記入するのが嫌だったが、今はもう慣れてしまった。

昭和52年から平成30年12月までの41年間のサラリーマン生活を、何とか無難に終えることができた。成功もあったし、挫折もあった。エースとして順風満帆、支店の業績アップに大貢献を果たしたこともある。一方、嵌められて苦い汁を味わい、失意のどん底をうろついていた時期もある。また、窮状に喘ぐ取引先社長と泥水を啜るような思いをしながら、資金繰りを考えたこともある。出向先では、国の施策に関わる貴重な経験もした。充実感はたっぷりとあった。

同僚知人は、65歳を過ぎても働く人が大半だった。ボケないように、健康のため、生活を楽にするため、小遣い稼ぎ。理由は様々だが、働き続ける人が多かった。しかし、私は働かないと決めていた。組織の中で動き回ることや人間関係の構築などに飽き飽きしていた。仮に働いたとしても、気力が欠けていては相手方に失礼だし、仕事への取り組み姿勢として恥ずかしいと思った。ただ言われるままに動き回り、何も考えず黙々と働く無表情の自分の姿を想像できなかった。

それに、もはや持てる能力を出し尽くした感があって、次のステップに臨む自信がなかった。いや、少しだけ余力を残しておいて、残る人生に使いたいと考えていた。力を使い切り、スカスカになって余生を送るのは嫌だった。

決意表明の証として、背広・ワイシャツ・ネクタイ・鞄・革靴・定期券入れ等々のすべてを捨てた。周りでは「まだ働けるのに」とか、「もっと稼げばいいのに」と言う人もいる。しかし、私は無職で結構。もう働くのは止めた。十分に働いた。次世代の人たちに任せることも大切なことではないかと考えるようにした。

父は70歳まで働いた。その姿を見ていると「老害」という言葉が浮かんでくる。本人は良くても、周りが扱いに困っていることがわかる。そして、その仕事のほとんどは後輩に引き継がれず、消滅してしまうことが多い。

どこかで区切りを付けて、潔く身を引く。これを私は実践したかった。年金生活を揶揄する声も聴く。しかし、その原資は自分が働いて貯めてきたものだ。受け取る権利は間違いなくある。それをいつ受け取ることにしようと、それは私の判断であり、私の勝手だ。他人への気兼ねも遠慮も必要はないと考えている。私はこの先、死ぬまで年金受給者、そして無職でいることに決めている。

年金生活者としてのんびりと過ごすつもりでいたのだが、私にはやらなければならない大事な仕事が残っていた。

それは、相続した新潟の家の処分だった。友人は「新潟に別荘があっていいね」と言うが、私にはまったく無用の長物に過ぎない。それは、もともと伯父伯母の店舗兼居宅で、私の生家でも何でもないし、思い入れもしがらみもない物件だ。父母が亡くなった後、空き家にして放っておいたが、そうは言っても定期的に草取りや見回りに行かなくてはならない。2か月も放っておいたら、庭は草原になってしまう。窓を開けて風を通し、家の中の空気を入れ替えなくてはならない。空き家の傷みは早い。夏場は無人の家に入ると、生活臭とは違う臭いがムッと迫ってくる。冬はシーンと冷え切って、畳も布団も氷のようだ。家を維持するために義務と思って通いはするが、いつまでも続ける気はなかった。それに固定資産税や火災保険などの維持費も馬鹿にならない。本当に重荷でしかなかった。そもそも通うには交通費がかかる。

妻に聞かれたことがある。

「あなたは空き家になったこの家に入る時や仏壇の前で手を合わせる時、心の中で何と言ってるの？」

「うっ⁉　それは他家を訪問する時と同じように『お邪魔します』か『また来ました』くらいな感じじかな」

「そうなんだ。じゃあ、私もこれからそうしよう」

この程度の思いしか、この家にはなかった。

一時は空き家の活用を真剣に考えたこともあった。防音を施してピアノ教室。接骨院か整形外科のリハビリ施設。歯科医院。宅配業者の集荷基地。クリーニング店。コインランドリー。コンビニ。いろいろ考えたが、どれもオーナーとして改修のための初期投資が必要となってくる。田舎の賃貸事業は、先行き不透明で回収は不確実。冒険はできない。とても踏み切れるものではなかった。

田舎で安易に軒先を開放すると、老人のたまり場となって大変な目に合うことは、父母から聞いて知っていた。ずうずうしく朝から晩まで居座り、お茶を出せ、灰皿はないのか、トイレを貸せ、寒い暑い、と暇で行き場所のない老人たちが好き放題に過ごす場になってしまう。結局は空き家にしておくしかなかった。

思案の末、やはり売却処分することにした。いずれはやらなくてはならない仕事だと覚悟はしていたので、決断した。

以前から妻に懇願されていた。

「頼むから新潟の空き家を残して先に逝かないで。私の力では処分できない。娘たちに残しても何の役にも立たない」と。

まさか自分が空き家問題の当事者になるとは思ってもみなかった。100坪の土地、石灯籠や庭石が配置された広い庭、植木に盆栽、屋内テニスができそうな店舗物件。こんな物件が売れるのか不安だったが、地元の不動産屋に依頼して数か月後、運良く買い手が付いた。だれがどう使うかとか、売買価額はいくらかということはどうでもよかった。手放すことが先決だと割り切った。どうせかなりの部分は税金で取られてしまう。

売買交渉は順調に進んだが、家の中にある家財道具はすべて私の方で廃棄しなければならなかった。不動産屋に相談すると、専門業者に依頼すれば100万円以上かかるだろうと言われた。業者に依頼するのは簡単だが、費用のことを考えて、自分でやれるところまでやってみることにした。

手伝ってくれる人はいない。まず、知人友人に声をかけて、ソファなどの家具類、家電製品、花瓶に置物等をできるだけ引き取ってもらった。着物や掛け軸、額縁絵は専門業者に買い取ってもらった。買い取り値は予想をはるかに下回り、愕然としたが仕方がない。とにかく処分しなくてはならない物品が果てしなく家中にあった。父母のふたりしか暮らしていなかったのに、何でこんなにたくさんの鍋釜、食器類、寝具があるのか？　梅干しは大甕で3個もある。驚きの連続だった。

最終的に残ってしまった家具や物品を、自分の車で新潟市の焼却処分場に運んだ。父の机、母のタンス、新品に近い客布団。すべてを焼却処分場の奈落の底に放り込んだ。投げ入れる際、一瞬だが罪悪感に襲われる。しかし、躊躇してどうする。持ち帰ってどうする。だれがこの始末をやってくれるというのか。私しかいないではないか。

「エイッ！」「ヤーッ！」とすべてを断ち切って放り投げた。残ったのは爽快感。罪悪感はいつの間にか消えていた。

売却の手続きがすべて終わってから、近くに住む従兄ふたりに事情説明をした。ひとりは穏やかにこう言った。

「よかった、よかった。それがいい。いつまでも空き家にしておくのは良くない。おまえが決めたことなのだから、それでいい」

しかし、もうひとりからは予想外の反応があった。

「土地建物は伯父の本家に返すのが筋だ。それができないのならいくらかの金を本家に渡すべきだ。普通は着物一振りくらい（200万円？）は包んで持っていくものだ」

私と妻は唖然としてしまった。父母の存命中は何食わぬ顔で接していたのに、腹の中では父が伯母の窮状に付け入って土地建物を乗っ取っていたと見ていたのだ。伯父の本家は期待しているらしいことも言った。バカバカしくて話にならなかった。父は伯母の遺言書に基づいて相続したに過ぎない。裁判所の検認も経ている。手続きに瑕疵はない。とにかく心外で田舎の小さな社会のいやらしさを感じ、さっさとその家を出た。


もうひとつ処理しなくてはならない大事な事に気が付いた。それは墓だ。相次いで亡くなった父母のお骨は、新潟の寺の墓に納めた。その墓は、伯母が伯父のために建立したものので、伯母の死後、家と同じように父が承継したものだった。

父が承継したはずなのに、なぜか墓石の横には、私の名前が承継者として刻まれている。私が住んでいないのにもかかわらず、新潟の家に私の表札を掲げたりもしていた。事前に了承を得ることをしないで、私の気持ちを慮ることもなくこうしたことを勝手に平気でやってしまうことが、父母にはいくつかあった。腹立たしく、悲しくなる気持ちを静めるのは、簡単ではなかった。

墓をこの先どうしたらいいものか、寺の住職に相談したところ、境内に納骨堂を新しく造ったのでそこへ移したらどうか、と言われた。いわゆる墓仕舞いをして、墓地は寺に返還、墓石は撤去、伯父伯母夫婦と父母の4人分のお骨は納骨堂に移して永代供養。いずれは合葬墓に入れる、ということで話がまとまった。

世間では墓の始末について寺と揉めるケースが頻発しているというではないか。寺が推奨しているのなら、渡りに船というものだ。円滑に進められるのなら今のうちと考え、私は即座に手続きを行った。費用は100万円単位でかかってしまうが、仕方がない。相続した預貯金はこういうものに使ってしまえと実行した。

撤去工事を請け負った石屋が、残念そうに言った。

「建立してまだ10数年しか経っていないのに、もったいない。この墓石の赤御影は良いものですよ」

「記念にこの墓石を加工して何かお作りしましょうか。カップ、コースター、花瓶、置物ならカエルやタヌキ、ドラえもん。何でも作りますよ」

今、父と母、そして伯父伯母は新潟の寺の納骨堂で眠っている。戸建てではないが、掃除の行き届いた新築マンションのような納骨堂の中で永眠している。毎日、花を飾ってもらい、御経をあげてもらっている。

　そして間を置かず、自分たち夫婦の墓を探すことにした。以前から新潟の墓に一緒に入ることは考えていなかった。父母とは別の所で、私は妻とともに永眠することに決めていた。

　父母の墓には私たちが元気なうちはお参りに行けるが、私たちが新潟の墓に入ったら、だれがお参りに来てくれるのか。娘たちが千葉や東京からわざわざ来てくれるとはとても思えない。それに、冬の冷たい北西風が吹き抜ける寒い墓で眠るなどということは、想像したくない。私は自分の安寧を求めて、生前に自分たちの納骨場所を上野に手当てした。

　新潟の家と墓をどうするのかということは、大きな懸案だった。私だけでなく、妻にとっても大きな懸案だった。それを割と短期間で円滑に片付けられたことに、今はとても安堵している。これで後顧の憂いはない。

《家族　そして今思うこと》

　長女は、気持ちが鷹揚でのんびり屋の性格だが、中学生や高校生の頃はスカートを極端に短くしてとんがっていた時期もあった。そして大胆不敵なところがある。大学受験の時、実技試験でピアノ科の受験生よりも上手くピアノを弾いてみせたり、トロンボーンでは1オクターブ間違えたからやり直したとか、逸話に事欠かない。親は冷や汗ものだった。

そんな長女が、平成27年に結婚した。もうすぐ6歳の男の子がいる。私と妻の唯一の孫だ。長女は公務員の勤めを続けながら一生懸命に育てている。とんがっていた頃には想像できなかった柔和な母親の表情になっている。ひとり息子に優しい言葉をかけているのを見るにつけ、どの口が言っているのかと不思議に思うことがある。私と母との関係を重ね合わせてみると、あまりの違いに羨ましさを覚えてしまう。

5歳の孫は、大きな病気も怪我もせず、元気に育っている。自転車に乗れるようになったし、縄跳びもできるが、逆上がりができなくて悔し涙を流している。今の彼の頭の中は「恐竜」と「シンカリオン」と「ボイメン」でいっぱいだ。幼稚園でいろいろなことを覚え、最近では生意気な口をきくようになってきた。それでも会えば「ジジ」「ババ」とじゃれついてくる。今の楽しみは、孫と過ごす時間以上のものはない。いずれは年寄りを煙たがり、敬遠していくのは当たり前のことだと思っている。成長だと思えばいい。

次女は、妻の頭脳を引き継いだのか、幼い頃から利発で賢かった。中学受験をして、都内の名の通った中高一貫校へ進学した。受験期の妻の心血の注ぎようは並々ならぬもので、ふたりの二人三脚は素晴らしかった。私の出る幕はなく、何の役にも立たなかった。ただし、次女にはここ一発の根性に足らないところがあり、好機を逃すことがときどき見受けられるので心配している。

次女はどうやら家を出る気はないらしい。まだ家にいる。結婚する気があるのかないのかわからないが、決めるのは本人。独身でいることが幸福なのか、それとも不幸なのかは次女の人生であって、私の人生ではない。妻も同じ考えでいる。たまに結婚を話題にしてみるが、まったく関心を示さない。今さら自分のことを他人に説明するのは面倒だと言う。それも一理ある。遠い将来、パートナーがいないことが不安にならないかと心配するが、今はフリーで好きに生きている。銀行ＯＬの独身貴族は、暇を見つけては、ＴＤＬ・ＴＤＳに通っている。

スマホ、アプリ、パソコン、ネット通販等々。できる限り、次女の負担にならないように暮らしていこうと思っているのだが、ついつい次女に頼ることが多くなってきた。

娘たちが何かで失敗した時に、もっと上手く立ち回ればいいのにと内心では客観的に思って見てきた。持って生まれた運もある。「それではだめだよ」と思うと同時に、「俺の子なのだから仕方がないか」と無責任に受け入れてしまう。むやみに頑張れと叫んでも詮無いことだ。『為せば成る』は言い過ぎだと思っている。『ならぬものはならぬ』と断定してやる方が優しいのかもしれない。これを娘ふたりへの基本的スタンスとしている。

妻は、温厚でいつも明るい。そして頭がいい。巡り合えて、結婚できて、つくづく良かったと思っている。血縁のあるたったひとりを除いてだれからも好かれて、信頼される存在だ。良妻賢母として、よく付いてきてくれた。私と娘ふたりはどちらかと言うと真面目なふりをして、最後は大雑把で済ますタイプだが、妻は生真面目で誠実。決めたことは少々ストイックと思われるほど追求するタイプだ。

私には過ぎた伴侶だと思っている。長年勤めたパートは65歳で辞めて家でのんびりするのかと思ったら、孫に触発され、「泳げるようになりたい」と一念発起して、スイミングスクールに入った。「かなづち」だった妻が、今では25mどころか50mをクロールで泳ぎ切るようになった。平泳ぎも様になってきている。

先年、母親を老衰で亡くし、少し気落ちした様子が窺えたが、長年施設で暮らし、90歳過ぎまで生きたのだから天寿を全うしたと気持ちを切り替えている。その相続で妹弟とかなり揉めたが、それもどうやら決着した。妹弟に対して

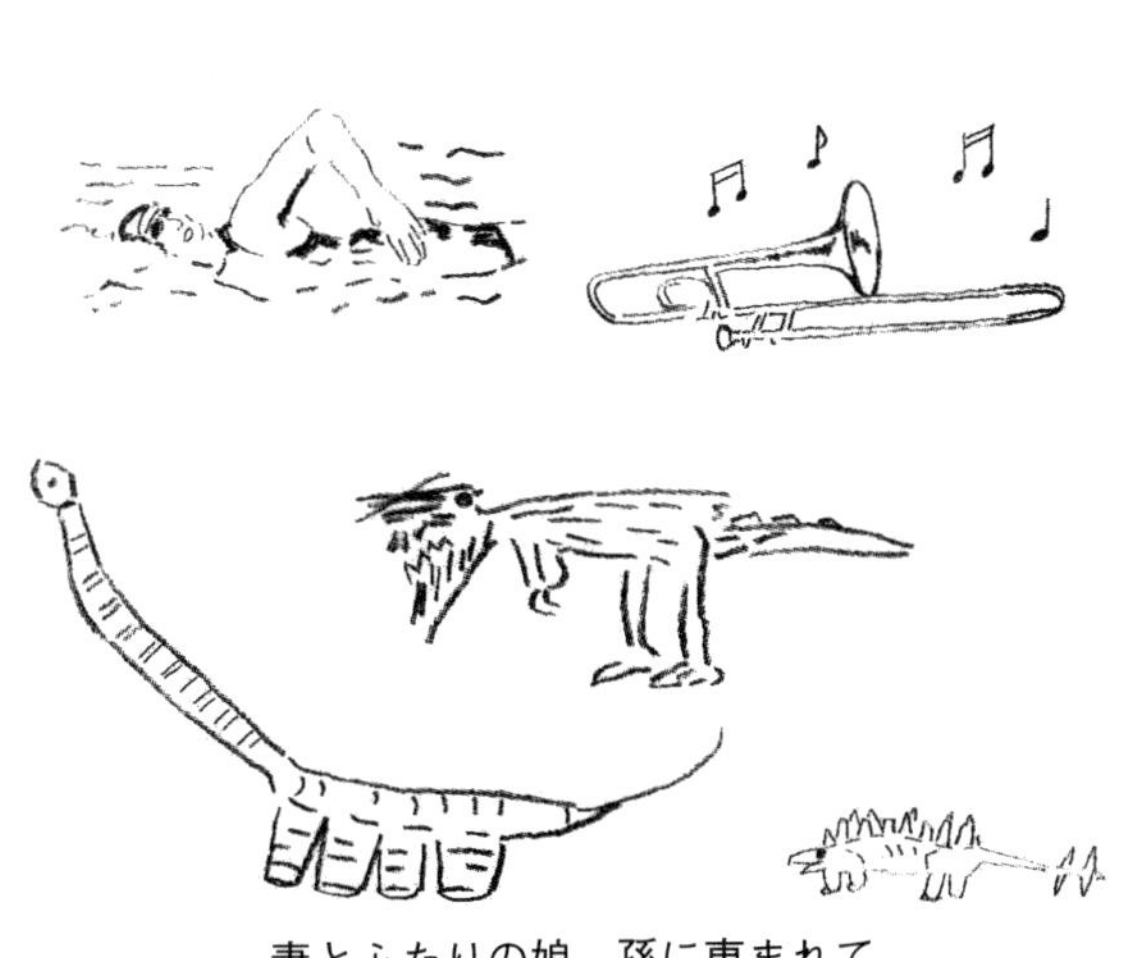

妻とふたりの娘、孫に恵まれて

心の底ではまだドロドロしたものを引きずっているが、表面上は手続きが済んだことで線を引いたようだ。

ときどき友人とランチや飲み会を楽しんでおり、交友関係と行動範囲は私よりもかなり広い。それはそれでいいと思っている。この先もお互いに「夫源病」や「婦源病」にならないよう、適当な距離感をもって過ごしたいと思っている。最近になって、私はどうやらこの距離感を会得したような気がしている。無職になった頃、妻が家で居心地が悪そうにしていたことをどうにも理解できずにいた。

「私が自分の家でじっとしていて何が悪い」

「この家は私の家だぞ」

この気持ちはただの強がりで、妻への優しさではないことがわかってきた。夫婦とはいえ、妻の場所、妻の時間が不可欠ということに気が付いた。たまの旅行ならまだしも、家の内外を問わず、四六時中ベタベタではお互いに疲れるだけだ。距離感は絶対に必要だ。

ふたりで常日頃話すのは、自分たちの後始末のことだ。娘たちに過度な期待をしてはいけない。自分で始末できるものは、可能な限り片付けてしまう。極力「モノ」は残さない。骨も同じ。そのために墓ではなく、上野の納骨堂を契約した。納骨堂の利用期限は50年。それを過ぎたら自動的に合葬墓に移されて処分される。それでいい。「永野」が途絶えたところでだれにも迷惑はかからないし、世の中に何の影響もない。次女が婿を取らない限り、「永野」は消滅してしまう。それは仕方ないと思っている。不動産は、このままいけば次女が相続することになるだろう。将来、売却しようが、改装して住み続けようが、好きにすればいい。

私は、父方と母方、両方の祖父母と接した記憶がほとんどない。そこで、自分の孫には、少しでも記憶に残る「ジジ」「ババ」でいたい、と勝手に望んでいる。

そして最期は、妻と娘ふたりと孫にこう言って別れられたらいいな、と思っている。

「楽しい人生だった」「あなたたちに巡り合えて嬉しかった」

そして、どんなに辛い状況であっても、母や父の時のような無言の別れ方はしたくない。これが、私の人生における最後の望みだ。

数年前から私は、甲状腺と血圧に少々問題があって医者通いをしているが、今のところ、日常生活を送る上で大きな支障はない。健康と体力維持のために、週2回のテニススクールで汗を流している。そして気が向けば、近所をウォーキングしている。決して徘徊ではない。あとは読書や、大好きな高倉健やクリント・イーストウッドのDVDを観て過ごしている。本当は孫と遊んでいたいのだが、孫はスイミング・英会話・ピアノ・お習字・体操教室といった具合に、習い事の予定がびっしりあって休日も忙しい。

これが、70年近い私の生き様だ。社会貢献を何もしないで申し訳ないと思ってはいるが、せめて社会の邪魔や足手まといにならないように過ごしていたい。

残りの人生は、妻と適度な距離感をもって、ゆっくりと静かに楽しもうと思っている。何をするにしても、今はゆっくりと時間をかけるように心掛けている。まだこの世での時間はたっぷりとありそうだ。何事も焦る必要はないと思っている。

幼稚園からの帰り道

古希を迎える今

私もそろそろ「終活」を意識する年齢になってきた。そこで総括の意味で、自分の人生を振り返ってみることにした。自分を書くためには、まず母との関係、次に父との関係を整理しておかなくてはならない。とりわけ母の出自や私との関係は、身内の恥をさらすことになりかねないのだが、真っ先に手が動いた。そこには避けては通れない、忘れようとしても記憶にこびり付いている母との関係がある。ならばこの際、正対してみようと決めた。行き着く先に何があるのか、探してみることにした。あと何年生きられるかわからないが、まだ多少は頭が働き、指が動くうちに「終活」として自分の生き様を書き残したい想いは徐々に強くなっていった。頭の中にあるすべてを絞り出すことは不可能だろうが、それでも可能な限りやってみた。文字に具現化できれば、私が生きていた証にもなる。そのうち認知症で記憶が失われてしまうかもしれない。あるいは不慮の事故で肉体が消滅してしまうかもしれない。そんなことになる前に、形にしておきたい。そう思って書き進めた。

「母の死」、「父の死」を契機にして、今まで生きてきた自分を静かに振り返るところから始めた。ゆっくりと静かに記憶を辿り、記録を調べて、どうやって自分は生きてきたのか思い返してみた。一生懸命に努力して生きてきたとは言えず、むしろ怠惰でだらしなく場当たり的に過ごしてきてしまった自分を恥ずかしいと思うが、それが事実なのだから仕方がない。ありのままをさらけ出すことにした。

自然と、母の死について思い返すことが多くなった。なぜなのか自問を何度も繰り返し、行き着いた先の答えは「私は殺人を犯したのかもしれない」と、そう思えてしまった。今、心のどこかに不快な塊が残っているのは、このせいだ。「延命措置は一切行わない」という不作為が「死」をもたらした。未必の故意が成立するのかもしれない。保護責任者遺棄致死罪かもしれない。とにかく「死」という結果が生じたのだから未遂ではない。

延命措置をどうするかについて本人の意思を確認したかどうか、はっきりした記憶がない。医師に問われて、私が即座に独断で答えただけのような気がする。多分そうに違いない。延命措置を施さず、何もしなかったのは、紛れもない事実だ。最新で高度な医療を求めることをしなかった。高額な薬の投与を求めることもしなかった。その不作為は犯罪に該当すると思う。犯罪の成立要件（①構成要件該当性・②行為・③責任能力・④違法性阻却事由）を満たしている。時効などない。そうであるならば、私はいつまでも罪を背負っていくしかない。勝手に苦しみ続けることが罪を償うことになるのか。それならばそれで仕方がない。受け入れるべきことだと思っている。

母との相性は、どこで狂ってしまったのか。反抗期の延長とも違う。思春期の多感性から派生するものとも違う。どうして母への思いがこうもねじ曲がってしまったのか。はっきり言って、私は母が嫌いだった。それだけのことだ。憎しみとは違う。

私を産んでくれた恩はある。乳を与えてくれた恩はある。だけど何か相性のようなものがそもそも合わなかった。とにかく母のすべてが嫌いとしか言いようがない。うまく説明できない、情けなくなるほどの歯がゆさが、この胸の中にある。どうやっても他人にはうまく伝えられない。

母の子として生まれてしまったのだから仕方がないが、嫌いだったとしか言いようがない。すべての母子の間には愛があり、温もりがあるというのは、絶対に嘘だ。あり得ないことだ。私のように最後まで混じり合わない関係だってあるはずだ。つい「世の中には、こういう母子関係もあるのだ」と、大声をあげたくなってしまう。

私は、母との甘い思い出を持ち合わせていない。世間でよく見られる母と息子の温かく甘い匂いのする関係など、まったくなかった。母親の胸に抱かれた記憶はない。愛情が溢れるようなエピソードもない。ふんわりと優しい母子関係は、存在しなかった。若い頃の母は、幼い私が足元に纏わり付くことをとても嫌った。後ろからちゃんと見ているから、自分の前を先にひとりでとっとと歩け、といつも突き放していた。母は私と密着することを好んではいなかった。

母子の愛憎が描かれて、最後はハッピーエンドで終わるような映画やドラマにはまったく共感が湧かない。興味がない。見る気もしない。無関心どころか嫌悪すら覚える。

「それは違う！」「そんなきれいごとはあり得ない！」

大声で叫びたくなってしまう。こうした感情を、私は恥ずかしいとか、後ろめたくて隠すべきことだとは思っていない。

小さな遺影と位牌を除いて、父母の姿が見えてしまう一切合切を私は処分した。家も処分した。本籍地も変えた。父母とは一線を引いたつもりだ。叱られても仕方ない。呪われても仕方ない。祟られても仕方ない。もう切り離して楽になりたい。そういう意思表示を明確にしておきたかった。

これで私は、親も故郷もない人間になってしまった。そういう人間は、世の中には山ほどいる。別にどうということもない。悲しいとは思わない。

私は子供の時から、ひとりでいることが淋しいと感じたことはない。ひとりでいるのが当たり前だった。むしろ自由で楽な気持ちでいられる。母から欲がないと叱られたことは

古希を迎える今

何度かある。私は物の取り合いで争った経験がない。他家の兄弟喧嘩などはバカバカしいと思って見てきた。独りよがりとか、ひとりっ子の自惚れと言われるかもしれないが、今までひとりで生きてきた自負がある。世間との付き合い方や処世術は、ひとりで学んできた。親から教えられた記憶はほとんどない。

現に父が亡くなった後の相続を含めた始末は、全部ひとりで片付けた。ひとりで決めて、ひとりで動き回り、だれに相談することもなく、全部やり遂げた。もし兄弟姉妹がいたら、いちいち相談しながら進めなくてはならず、独断専行とはいかなかっただろう。少しでも考えが異なれば立ち止まらなくてはならないし、最悪の場合、対立ということもあり得る。妻は自分の母親の相続で、妹弟とかなり対立しこじれた。随分悩み苦しんで、嫌な思いをした。それはひとりではなかったからだ。

一方、ひとりでやり遂げるには、逃避できない苦しさがあった。でも煩わしさよりはましだった。相続手続きに関しては、ひとりっ子であることを羨ましがられた。

親を含めて、人との付き合いの何と煩わしいことか。ひとりになれることは、至上の歓び。今、私はそう思って生きている。

「そんな淋しい人生を送るなんて可哀そう」「人間は親がいて、家族がいて、友がいて、仲良く支え合って生きることが幸せなのに」と考える人が大多数だろう。でもよく考えてみてほしい。親子を始めとする人間関係に縛られることは、果たして幸せと言えるのか。ただもたれ合っているだけではないのか。風に吹かれても、雨に打たれても、負けずにひとりで立つことができるか。強さをもっているか。

結局、ひとりで切り抜けるしか、方策はないではないか。そのことを早く知るべきだ。「生きるも死ぬもひとり。どうせひとり」、肝に銘じておきたい。

普通よりは、少しだけ波乱のあった人生だった。今まで好き勝手にやってこられたことを有難く感じている。最愛の妻、最愛の娘たち、最愛の孫、といくら言ってみたところで、あの世へ一緒に連れて行くわけにはいかない。それに、一緒には来てくれはしないだろう。

この年齢になってみると「死」というものが身近に迫っていることを感じる。鏡で見る自分は髪が薄くなり、顔にはシミが浮かんでいる。正に老人顔だ。順調に成長しているのは腹囲と血糖値くらいだ。頭痛に腰痛。歯も痛い。医者に行って何か不調を訴えても「加齢ですね」の一言で片付けられる。新しい薬を処方されて帰って来るのが関の山だ。そして肉体の老化は無論のこと、頭脳の老化は情けない。つい「あと10年若かったら」と無理なことを思ってしまう。

妻も同じ考えなのだが、長く生きてしまうと大震災や疫病の流行など、経験しなくてもいい苦しみや災禍を被ってしまう。そして高齢者となった私たちを守るために、若い世代は余計な努力と負担を背負うことになってしまう。だれかが身代わりとなって犠牲になってしまうことだってあり得る。私はそうしたことはできるだけないようにするべきだと考えている。人生は、程よいところで終わりにしたいと思っている。ただし、自殺するつもりはまったくない。

残念ながら、妻や娘たちに残していける財産は極めて少ない。せめてこの終活文だけでも残していくので、何かの足しにしてほしい。人生の反面教師とでも捉えてくれたらいいと思っている。

了

あとがき

自分の人生の総括と思って、父母、とりわけ母との関係を書き始めた。書き進むにつれて、自分史として昇華させようという欲が出てしまった。結局、これほど長くなるとは想像していなかったが、期せずして古希を迎える年に本として残せることができ、とても喜んでいる。

父母がこの世を去って早くも10年近く経とうとしているが、残念なことに、母も父も生い立ちや生活観、息子への思いといったことについては何も語ることなく逝ってしまった。そのため、父母がどういう環境で生まれ、生きてきたのかを探ることから始め、それから自分の人生を辿ることにした。

私の母子関係は、最初から少々歪んだものだったようだ。物心が付く前から、私と母の関係は良くなかった。嫌いだった。母子の関係は、愛情に満ちた甘い香りのするものばかりではなく、私たちのように最後まで混じり合わなかったケースもある。そのことを正直に書くことにした。身内の話を赤裸々に吐露するのは、恥をさらすようで情けない気もしたが、私の「終活」、生きてきた証なのだから仕方がないと思っている。

あとがき

自分の人生は特別に変わったものとは思っていないし、特殊な才能に恵まれて過ごしてきたわけでもない。ただのサラリーマンでしかなかったが、それでも振り返ってみると、地震の経験、交通事故、仕事の浮沈等々、いろいろなことがあった。この先、天命を全うするまでは平穏で過ごせることを願っている。

結婚してくれて、家庭を守り、ふたりの娘を産み育て、そして私の父母の世話もすべて黙ってやってくれて、私の人生を支えてくれた妻には感謝しかない。

最後に文芸社の皆さんには多々ご指導をいただき、有難うございました。

令和4年12月

永野恒雄

著者プロフィール
永野 恒雄（ながの つねお）
1953（昭和28）年９月、新潟県新潟市生まれ
1977（昭和52）年、大学卒業後、政府系金融機関に就職
2008（平成20）年、同機関退職後、保証会社に転籍
2018（平成30）年、同社退職　現在に至る
趣味は読書、DVD鑑賞、週２回のテニス

曇り ときどき強風雷雨 今は晴れ 母と父と私

2023年９月19日　初版第１刷発行

著　者　永野 恒雄
発行者　瓜谷 綱延
発行所　株式会社文芸社
〒160-0022　東京都新宿区新宿1－10－1
電話 03-5369-3060（代表）
03-5369-2299（販売）

印刷所　株式会社エーヴィスシステムズ

ISBN978-4-286-24113-5